Nicht zu fassen

Täter auf Abwegen

Kriminalroman

Gudrun Leyendecker

1. Auflage 2024

Biografische Information der deutschen Nationalbibliothek: Die Deutsche Nationalbibliothek verzeichnet diese Publikation in der Deutschen Nationalbibliografie; detaillierte biografische Daten sind im Internet über http://dnb.dnb.de abrufbar.

© 2024 Gudrun Leyendecker

Verlag: BoD · Books on Demand GmbH,

 In de Terpen 42, 22848 Norderstedt

Druck: Libri Plureos GmbH, Friedensallee 273,

22763 Hamburg

ISBN: 978-3-7693-2252-1

Gudrun Leyendecker ist seit 1995 Buchautorin. Sie wurde 1948 in Bonn geboren.

Siehe Wikipedia.

Sie veröffentlichte bisher circa 100 Bücher, unter anderem Sachbücher, Kriminalromane, Liebesromane, und Satire. Leyendecker schreibt auch als Ghostwriterin für namhafte Regisseure. Sie ist Mitglied in schriftstellerischen Verbänden und in einem italienischen Kulturverein. Erfahrungen für ihre Tätigkeit sammelte sie auch in ihrer Jahrzehntelangen Tätigkeit als Lebensberaterin.

Inhaltsangabe

Ein Krimi, skurril, mit einem Hauch von buntem und einer Prise schwarzem Humor.

Die private Ermittlerin Carolin wird beauftragt in der Pension Waldfrieden einen Kriminalfall zu untersuchen. Marisa, die Inhaberin und Betreiberin der Pension ist spurlos verschwunden, und die Bewohner des Hauses verhalten sich mehr als nur verdächtig. Obwohl die meisten Gäste Carolin freundlich entgegenkommen, misstraut sie dem vermeintlichen Frieden, denn sie entdeckt bald ein außerordentlich interessantes Mordmotiv, das jeden zu einer solchen Tat verleitet haben kann.

Nicht zu fassen

Täter auf Abwegen

Kriminalroman

Gudrun Leyendecker

Kapitel 1

„Kannst du mir sagen, wo es hier zur Pension Döpfner geht?" frage ich den Jungen mit den dunklen Locken, der auf dem Gehsteig Fußball spielt. „Ich bin die ganze Straße jetzt schon zweimal auf und ab gegangen, konnte aber nur Einfamilienhäuser entdecken."

Der Kleine grinst. „Das liegt daran, dass Sie hier die Waldstraße absuchen. Pension Döpfner gibt es aber nur auf dem Waldweg, und der ist am anderen Ende des Dorfs."

Ich atme auf. „Da bin ich beruhigt. Ich dachte schon, ich sei im falschen Ort gelandet."

„Nee, da sind Sie schon richtig. Aber ob Sie in der Pension Döpfner richtig sind, da bin ich nicht so sicher", orakelt er.

Ich verschweige ihm, dass ich mich als verdeckte Ermittlerin dort einmieten will, um vor Ort nach der verschwundenen Marisa zu suchen und stelle mich unwissend. „Ist damit etwas nicht in Ordnung? Ich dachte, das sei eine Pension, in der man ein Zimmer mieten kann, um die schöne Gegend hier zu genießen."

Er verzieht das Gesicht und hebt die Augenbrauen. „Wirklich? So viele Urlauber wohnen da nicht. Die meisten Gäste sind Montagearbeiter. Seit ein paar Monaten wohnen dort auch ein paar Handwerker aus der nahen Großstadt. Sie mussten dahin ausweichen, weil es in einem Mehrfamilienhaus einen Brand gab."

„Das tut mir für diese Menschen leid", bemerke ich. „Aber ich denke, diese Gäste und ich, wir werden uns nicht gegenseitig stören."

Er grinst wieder. „Das kann man nie wissen. Die Besitzerin dieser Pension ist nämlich plötzlich verschwunden, und keiner weiß, wo sie ist. Frau Hintermeier, die dort arbeitet, fürchtet, dass ihrer Chefin irgendetwas passiert ist."

Jetzt wird es für mich interessant. Ob er mehr weiß?

„Verschwunden? Einfach so? Seit wann denn?" stelle ich mich unwissend.

Er legt den Fußball an die Seite. „Einfach so? Das weiß man nicht. Es ist jetzt eine Woche her, und das Komische ist, dass sie weg ist, ohne etwas mitzunehmen. Soll ich dir zeigen, wo das Haus ist?"

„Das wäre prima", stimme ich ihm zu und hoffe auf viele Informationen. „Ich bin die Carolin und will ein paar Tage hierbleiben. Und wer bist du?"

Er hebt den Fußball auf und wirft ihn hinter den Zaun in einen Garten. „Ich bin Tobi und wohne hier in diesem frischgestrichenen Haus. Das müssen wir immer mal wieder machen, auch wenn es viel Geld kostet. Mama sagt, wo Touristen hinkommen, müssen die Häuser immer hübsch aussehen."

Er scheint gesprächig zu sein, und ich freue mich darüber. „Dann vermietet ihr auch an Gäste?"

„Ja, das machen hier fast alle, aber die meisten haben nur so ein oder zwei Zimmer für Fremde. Marisa ist die Einzige, die ein richtig großes Gästehaus hat." Mit strammen Schritten marschiert er los, und ich folge ihm eilig.

„Und die Zimmer sind dann auch immer alle voll?" frage ich interessiert."

„Fast immer", weiß er. „Es ist ein ziemlich neues Haus, mit supermodernen Duschen und Minibars. Das hat nicht jeder hier im Dorf für die Touristen. Viele Zimmer sind noch ganz einfach."

„Dann ist sie bestimmt eine nette Frau, wenn sie so viel für ihre Gäste tut", versuche ich, ihn weiter zum Sprechen zu bewegen.

„Sehr nett", teilt er mir bereitwillig seine Meinung mit. „Sie macht alles für ihre Gäste. Es gibt da sogar einen großen Spiele-Salon, da gibt es oft lustige Abende. Und im Sommer macht sie draußen Terrassenpartys und Grillfeste. Das hat natürlich nicht allen Leuten hier gefallen."

„Nein, nicht?" frage ich naiv. „Es ist doch schön, wenn sich Menschen freuen und lustig sind. Oder waren sie nachts zu laut?"

Er schüttelt den Kopf. „Nein, zu laut waren sie nicht. Die Pension ist doch ziemlich weit draußen. Da hört man nicht alles bis zum Dorf. Aber manchmal sind auch Gäste zu ihr gekommen, die vorher woanders im Dorf übernachtet haben. Das fanden natürlich nicht alle schön."

„Sie hat Gäste abgeworben?" Ich werde hellhörig. „Wie ist das denn abgelaufen? Hat sie jemanden deswegen angesprochen?"

„Das brauchte sie gar nicht. Im Dorf-Gasthof und im Café haben sich die Touristen natürlich unterhalten und sich auch gegenseitig erzählt, wie und wo sie untergebracht sind. Und dann ist es natürlich herausgekommen. Sie kümmert sich eben sehr gut um alle, die zu ihr kommen."

„Ich denke, die anderen sind bestimmt nicht brotlos geworden. Es gibt ja auch Urlauber, die ihr eigenes Programm haben und gar keinen Anschluss im Urlaub suchen. Ich denke da an Paare, die für sich sein wollen, oder die Wanderer, die morgens früh schon losziehen und dann abends spät zurückkommen. Die brauchen bestimmt kein Unterhaltungsprogramm und sind dann sicher auch mit einer anderen Pension völlig zufrieden.“

„Ja, die wohnen alle noch im Ort. Und bei Marisa wohnen hauptsächlich Singles, auch die Dauer-Gäste sind Einzelpersonen.“

„Aha, dann hat sie wohl mehr Einzelzimmer. Die sind in anderen Gegenden ziemlich rar. Wahrscheinlich ist sie eine gute Geschäftsfrau. Kennst du ein paar von den Dauergästen?"

Tobi grinst. „Na klar, die kommen doch auch immer ins Dorf runter, wenn sie sich in dem kleinen Laden etwas kaufen wollen oder abends im Gasthof ein Bier trinken. Die kennt hier schon jeder."

„Hoffentlich sind es nette Leute", fahre ich banal fort. „Eine so nette Frau sollte auch nette Gäste haben."

„Manche sind ab und zu länger weg und kommen dann für ein Wochenende zurück, und andere sind am Wochenende unterwegs. Jochen arbeitet im Kanalbau und kommt jeden Abend von der Arbeit zurück in die Pension. Am Wochenende wohnt er dann wieder bei seiner Frau."

„Der ist bestimmt abends auch zu müde, um nach der Arbeit noch groß zu feiern", vermute ich.

Tobi nickt. „Manchmal geht er abends noch in die Wirtschaft, um da zu essen. Bei Marisa kann man nämlich nur einen kleinen Imbiss bestellen, wenn man mag."

„Wenn sie sonst so viel für die Leute tut, ist es erklärbar, dass sie nicht auch noch für alle kochen kann", finde ich. „Möglicherweise hat von den Gästen auch jeder einen anderen Geschmack. Da braucht man dann schon eine Hotelküche."

„Maximilian, der Schornsteinfeger, wohnt im Augenblick auch dort. Er lässt sich gerade scheiden und hat noch keine neue Wohnung", verrät Tobi.

„Dann ist er bestimmt riesig froh, dass er für den Übergang so ein nettes Zuhause gefunden hat", spekuliere ich.

„Im Moment ist der überhaupt nicht froh", weiß der Junge. „Er ist ziemlich sauer über die Scheidung und im Moment ziemlich schlecht gelaunt. Meine Mama sagt immer, es wird Zeit, dass ihm ein anderer Schornsteinfeger einmal die Hand gibt."

Ich sehe ihn erstaunt an. „Und was soll das ändern?"

Er lacht. „Es bringt Glück, wenn man einem Schornsteinfeger die

Hand gibt. Jetzt braucht er einen anderen Kollegen, damit er selbst wieder Glück hat. Denn im Augenblick möchte ihm keiner die Hand reichen. Er hat schon einmal in der Wirtschaft randaliert, als er zu viel getrunken hatte."

„Hat Marisa etwa noch mehr solcher Gäste?" wage ich eine Nachfrage. „Da kann man sie ja beinah verstehen, wenn sie sich einmal ein paar Tage Urlaub nimmt."

„Wenn man in den Urlaub fährt, packt man sich einen Koffer", erinnert er mich. „Und ohne Geld und Papiere wird das auch nichts."

Ich seufze leicht. „Du hast recht. Das war wohl ein schlechter Scherz. Hast du denn eine Ahnung, warum sie fort ist, und wohin sie sein kann?"

„Nein, obwohl ich auch ziemlich viel darüber nachdenke. Ich glaube, jemand hat sie entführt."

Jetzt bin ich ganz durcheinander. „Entführt? Gab es denn Anzeichen dafür? Möchte jemand Lösegeld? Und wenn ja, von wem?"

„Sie hat keine Verwandten und auch keinen Partner. Also, mit Lösegeld kann das nicht zu tun haben. Aber ich habe einmal in den Nachrichten gehört, dass Menschen auch aus ganz vielen anderen Gründen entführt werden."

„Sehr interessant", finde ich. „Darüber musst du mir mehr erzählen!"

Wir sind an einem großen weißen Haus angekommen, das mit vielen bunt bepflanzten Blumenkästen einen einladenden Eindruck erweckt.

„Wenn Sie noch länger hierbleiben, können wir uns mal darüber unterhalten", bietet er mir an. „Jetzt allerdings muss ich erst mal nach Hause. Meine Mutter wartet bestimmt schon mit dem Mittagessen."

„Dann mach's gut Tobi" rufe ich ihm zu, denn er hat sich schon herumgedreht und eilt davon.

Er wendet sich noch einmal zu mir um und winkt mir zu. „Wir haben jetzt Ferien, ich bin immer zu Hause."

Kapitel 2

Frau Hintermeier führt mich in ein helles, modern eingerichtetes Zimmer, in dem ich auf den ersten Blick alles sehe, was in einem Hotelzimmer gebraucht wird. Ich finde ein modernes französisches Bett neben einem großen Nachttisch, auf dem sich nicht nur eine stilvolle Lampe, sondern auch eine Konfekt-Schale mit Pralinen befindet. Auf dem Tisch sehe ich Blumen und einen Korb mit Obst, und auf dem Schreibtisch entdecke ich allerlei nützliche Utensilien, einen Schreibblock, Stifte und ein paar Zeitschriften.

„Alle rufen mich hier nur Elli, obwohl ich Elinor heiße," teilt mir Frau Hintermeier mit. „Das gilt auch für Sie. Über das Haus-Telefon bin ich erreichbar, aber Sie können mich auch aufsuchen, wenn Sie etwas brauchen. Mein kleines Appartement befindet sich direkt neben dem Gemeinschaftsraum."

Aufmerksam betrachte ich die schlanke Frau mittleren Alters, die sich schlicht, aber elegant in ein dunkelblaues Kostüm gekleidet hat. „Ich hoffe, dass ich Sie nicht so oft stören muss. Ich bin nicht sehr anspruchsvoll und möchte einfach einmal ein paar Tage ausspannen. Dazu scheint mir dieses hübsche Haus in der idyllischen Gegend geradezu prädestiniert."

Ein fast unhörbarer Seufzer flieht aus ihrem Mund. „Sie hatten im Internet gebucht, und ich hoffe, dass Sie bereits durch die Medien informiert sind, in welcher etwas zweifelhaften Lage wir uns momentan befinden?"

Ich versuche, möglichst locker zu bleiben. „Sie meinen, weil sich Ihre Chefin gerade eine Auszeit genommen hat? Manchmal muss man einfach einmal alle Zäune durchbrechen und ein bisschen andere Luft schnuppern. Ich kann das nur allzu gut verstehen, denn ich mache gerade nichts anderes."

Elli hebt die Augenbrauen. „Ich wünschte, Sie hätten Recht. Aber mich plagen da Zweifel. Es lief hier alles gerade sehr gut, und Marisa hatte Erfolg mit ihrem Konzept. Die Gäste kamen gern zu ihr, und auch die Dauer-Gäste sind zufrieden. Wenn sie freiwillig fortgegangen wäre, hätte sie mir vorher Bescheid gesagt."

Ich hänge meine Jacke an den Kleiderhaken. „Dann waren Sie also eng mit ihr befreundet? Sie wissen alles über Ihre Freundin?"

„Freundinnen waren wir nicht, aber wir hatten auch keine Geheimnisse voreinander. Schließlich haben wir viele Stunden des Tags miteinander verbracht. Aber ich möchte Sie mit diesen Geschichten jetzt nicht länger belästigen. Sie möchten hier Urlaub machen, und dazu brauchen Sie Ruhe," glaubt sie.

„Ein Schwätzchen gehört auch zum Urlaub", beruhige ich sie. „Wenn ich meine Ruhe brauche, werde ich ein bisschen in der Natur herumspazieren." Ich überlege, wie ich sie weiter in ein Gespräch ziehen kann. „Darf man die Küche auch benutzen?"

„Sie haben hier eine kleine Ess-Ecke, in der sie sich schnelle kalte Speisen und am Automaten warme Getränke zubereiten können. Aber die große Gemeinschaftsküche dürfen Sie auch benutzen. Das machen die meisten Gäste hier, und es fördert die Gemeinsamkeit. Wenn Sie aber einmal gar keine Lust haben, sich etwas zu kochen, dann springe ich auch mal gern ein."

Ich sehe sie erfreut an. „Das hört sich gut an. Vielen Dank! Wenn ich Sie Elli nennen darf, können Sie auch ruhig Carolin zu mir sagen. Und ich habe auch nichts gegen ein Du."

Sie lächelt flüchtig. „Das ist nett. Im Augenblick freue mich über jede seelische und moralische Unterstützung."

„Gibt es denn keinen Gast, der dich ein bisschen aufmunternd kann?" versuche ich, sie weiter in ein Gespräch zu verwickeln.

„Doch, den gibt es hier auch. Das ist Tonio, ein Journalist, der sich gerade hier einen längeren Urlaub erlaubt, um ein Buch zu schreiben. Er ist immer zu Scherzen aufgelegt, und den kannst du überhaupt nicht ernst nehmen."

„Dann ist er sozusagen eine Art Pausenclown?" frage ich nach.

„Ja, bei ihm weiß man nie, ob er es ernst meint oder nur so zum Spaß sagt. Dagegen ist Matthias, der Höhlenforscher nie zum Scherzen aufgelegt. Er spricht kaum, wundere dich also nicht, wenn er eine Distanz zu dir hält."

Ich sehe sie verwundert an. „Da gibt es also den Schornsteinfeger

Maximilian, der die dunklen Kaminschächte reinigt, den Kanalbauer Jochen, der in der Erde herumkrabbelt und den Höhlenforscher Matthias, der gern in der dunklen Erde verschwindet, sind das nicht alles etwas abwegige Berufe, im wahrsten Sinne des Wortes? Und der Journalist geht gerade seine eigenen Abwege?"

„Ich denke, du wirst dich gut mit Tonio verstehen, denn er hat auch solche abwegigen Gedanken wie du. Zu den Dauergästen gehören aber auch noch zwei Frauen."

„Lass mich raten! Die eine ist Archäologin und die andere arbeitet im dunklen Kino als Platzanweiserin?"

Elli schmunzelt. „Nein, Anna war bis jetzt Lehrerin und hat sich frühpensionieren lassen, weil sie gemobbt wurde. Hier versucht sie jetzt, etwas zu Ruhe zu finden. Die andere, das ist Nadine. Sie ist Sozialarbeiterin und erholt sich gerade von einem Burnout, der sie lange berufsunfähig machte. Inzwischen geht es ihr schon besser, und sie wird wohl schon bald wieder arbeiten können."

„Dieses hübsche Haus in der traumhaften Alpen-Gegend ist gut geeignet für Menschen, die sich sammeln wollen oder erholen müssen", finde ich.

Elli hüstelt verlegen. „Eine Sache gäbe es da noch, die du vielleicht vorher wissen müsstest, bevor du deine Koffer auspackst."

„Du kannst mir alles sagen!" schlage ich ihr vor.

Sie zögert. „Ich hoffe, du magst Tiere. Also nicht so die Hühnchen zum Essen, die gibt es natürlich auch ab und zu bei uns, sondern lebende Tiere."

„Im Allgemeinen bin ich ein Tierfreund", verrate ich ihr. „Aber meine Sympathie ist da schon unterschiedlich ausgeprägt."

Elli sieht mich erwartungsvoll an. „Dann hoffe ich, dass du die zwei Bewohner dieser Gartenanlage magst: Nadine besitzt nämlich eine Ente, die ihr während ihrer Therapie immer sehr geholfen hat. Es ist schon möglich, dass sie dir ab und zu einmal über den Weg läuft. Und Tonios Kuscheltier ist schon etwas größer: Es handelt sich um einen kleinen Tiger."

Kapitel 3

Nachdem mir mein Chef am Telefon glaubhaft versichert hat, dass er von diesen tierischen Mitbewohnern nichts wusste, packe ich meinen Koffer aus und versuche, meine Gedanken zu ordnen.

Ich frage mich, ob einer der mir bereits avisierten Mitbewohner dieser Pension einen Grund haben kann, Marisa aus dem Weg zu räumen, aber auf Anhieb fällt mir da nichts ein.

Also gibt es nur eins, ich muss mich in die Höhle des Löwen, pardon, des Tigers wagen und der Gefahr ins Auge sehen. Mit einem Joghurt aus meiner Reiseproviant-Dose bewaffnet suche ich die Gemeinschaftsküche auf und treffe auf eine Frau, die eine Ente im Arm trägt.

Dieser Anblick erinnert mich an ein historisches Gemälde, auf dem eine hübsche rotwangige Frau gerade im Begriff ist, einen Fasan zu rupfen, und ich hoffe inständig, dass sie jetzt nicht in die Messerschublade greift.

Die blonde, engelhafte Schönheit reicht mir jedoch ihre rechte Hand und begrüßt mich freundlich.

„Hallo! Ich bin Nadine und genieße diese Umgebung schon seit einiger Zeit. Darf ich dir Flatter, meine Kuschel-Ente vorstellen?"

Wie gut, dass mich Elli schon ein wenig vorbereitet hat! Aber wie begrüßt man eine Ente? In meinem Repertoire der ungewöhnlichsten Etikette finde ich in den unergründlichen Gefilden meiner grauen Zellen keine Anweisung.

Ich beschränke mich auf ein: „Hallo Flatter! Hallo Nadine! Ich bin

Carolin", ergreife die Hand der freundlichen Sozialarbeiterin und drücke sie kräftig.

Nachdem ich den Joghurt, den ich in meiner linken Hand versteckte, auf den Tisch gestellt habe, halte ich meine rechte Hand dem bunten Federvieh vor den Schnabel. Möglicherweise begrüßt man eine Ente ähnlich wie einen Hund, dem man zum Schnüffeln erst einmal die Finger entgegen hält?

Flatter hingegen zeigt keine Reaktion, doch Nadine schmunzelt. „Du scheinst noch nicht viel Erfahrung mit Enten gesammelt zu haben. Sie sind ganz besonders emphatische Tiere und eignen sich besonders gut zu begleitenden Therapien."

„Das wusste ich noch nicht" antwortete ich wahrheitsgemäß. „Meiner Erinnerung aus den Biologiestunden verdanke ich lediglich das geringe Wissen um ihre Bürzeldrüse, um die ich sie immer schon beneidet habe."

Nadine sieht mich an, als sei ich völlig verwirrt. „Warum wünschst du dir dieses Organ?"

„Um zwei Dinge habe ich Enten stets beneidet, um ihre

Schwimmhäute und um diese Drüse, mit der sie ihr Federkleid so einölen, dass sie nicht nass werden können."

Ihrem Blick nach zu urteilen, hat sie mir meine seltsame Bemerkung schnell wieder verziehen. „Du würdest sie nicht darum beneiden, wenn du dich schon näher mit ihrer Lebensweise befasst hättest. Leider müssen die Schwimmenten, ähnlich einer putzwütigen Frau, ihr Gefieder tagsüber sehr oft bearbeiten. Das beschneidet natürlich ihre Freizeit."

„Bei dir hat sie es doch sicher gut", versuche ich, ihr etwas Nettes zu sagen. „Ich glaube es der Ente anzusehen, wie wohl sie sich in deinem Arm fühlt."

„Wir schenken uns gegenseitig etwas", behauptet Nadine. „Wir sind das ideale Team."

„Aha", sage ich wenig geistreich. „Ich kenne mich mit Enten als Haustiere nicht aus. Vielleicht kannst du mir das näher erklären?"

Sie schenkt sich ein Glas Wasser ein und setzt sich an den Tisch. „Dann hock dich zu mir, wenn du mehr darüber erfahren willst!"

Ich schnappe meinen Joghurt und folge ihrer Einladung. „Natürlich!" sage ich schnell und setze mich zu ihr.

Inzwischen sitzt die Ente auf ihrem Schoß. Sanft krault Nadine ihr den Hals. „Es gibt hundertfünfzig Arten von Enten-Vögeln. Einige Enten können sehr weit fliegen, und mir hat diese hier neue Flügel verliehen."

Natürlich ist die Lasche vom Joghurtdeckel abgerissen, ich fingere daran herum. „Darüber möchte ich gern mehr wissen."

„Ich war ein Mensch, der sich von allen bevormunden ließ, obwohl ich in meiner beruflichen Position eine Autorität bin, oder besser gesagt, sein sollte. Aber ich wollte es allen recht machen, und das funktioniert nicht."

„Und die Ente hat dir gezeigt, wie man es anders machen kann?" frage ich sie erstaunt.

„Gewissermaßen schon. Sie kann fliegen, aber sie will es nicht, weil sie es bei mir guthat. Seit meiner Therapie weiß ich, dass ich auch jederzeit wegfliegen kann, und dieses Gefühl motiviert mich zu wahren Höhenflügen."

„Das ist schön für dich", bemerke ich, und meine Gedanken wandern zu Marisa. Sollte sie sich an Nadines Philosophie angesteckt haben? Hatte sie auch plötzlich Flügel bekommen und Lust gehabt, einmal das Nest zu verlassen?

Im nächsten Moment verwerfe ich die Idee wieder. Wenn sie doch eine gut gehende Pension besaß, die sie mit Freude leitete, wozu sollte sie dann ihr schönes Zuhause übereilt verlassen?!

„Ich weiß jetzt ganz genau, was du denkst", behauptet Nadine.

Überrascht sehe ich sie an. „Wirklich? Was denke ich denn?"

„Du denkst an unsere Pensionswirtin", sagt sie mir auf den Kopf zu. „Du denkst, sie habe auch Flügel bekommen. Aber da muss ich dich enttäuschen. Ich habe sie kurz vor ihrem Verschwinden noch gesprochen, und sie hatte nicht die geringste Lust, ihre Pension zu verlassen. Sie ist eine Frau, die alles immer gern unter Kontrolle hat, und das hatte sie auch. Sie fühlte sich wohl hier und war mit ihren Stammgästen befreundet. Jeder mag sie, und das ist auch kein Wunder, denn sie hat ein großartiges Talent, mit Menschen gut umgehen zu können."

„Hast du das nicht auch? Aber hattest du nicht auch irgendwann einmal gemerkt, dass man dabei sehr aufpassen muss, um nicht in eine Falle zu geraten?"

„Das ist etwas völlig anderes. In meinem Beruf komme ich oft zu Menschen, die mich gar nicht mögen, denen ich aber trotzdem etwas beibringen muss, das ihnen oft nicht gefällt. Da muss ich immer einen Mittelweg suchen, eine Gratwanderung veranstalten. Aber Marisa hat hier nur mit Menschen zu tun, die gern bei ihr sind. Und sie ist nicht auf das Wohlwollen dieser Menschen angewiesen. Wenn ihr einer nicht gefällt, kann sie ihn rausschmeißen. Sie hat genügend Geld, um nicht wählerisch sein zu müssen."

„Aber was ist mit Maximilian? Der soll doch manchmal recht übellaunig sein", erwidere ich.

„Ja, das stimmt. Er versucht, seine Launen an jedem auszulassen. Aber

Marisa nimmt es weder persönlich, noch leidet sie darunter. Doch wir alle gemeinsam versuchen, diesen Maximilian wieder etwas aufzubauen. Seine Situation ist in der heutigen Zeit schließlich nicht so außergewöhnlich. Viele Menschen haben schon die eine oder andere Scheidung oder Trennung hinter sich, Probleme sind da häufig nicht zu vermeiden."

„Dann hat er sie also nicht so sehr geärgert, dass sie vor ihm flüchten musste, entnehme ich deinen Worten." Inzwischen habe ich es fertiggebracht, den Joghurt zu öffnen. „Könnte es denn sein, dass Marisa etwas passiert ist?"

Sie atmet tief. „Es ist eben alles möglich, jeder von uns überlegt den ganzen Tag, ob es sich hier nicht um eine kriminelle Tat handelt. Aber wenn du mich fragst, ein Täter ist nicht in Sicht, denn sie hat keine Feinde."

Ich suche mir einen Löffel und beginne, betont langsam, den Joghurtbecher zu leeren. „Und was macht ihr jetzt? Habt ihr eine Suche gestartet?"

„Elli war bei der Polizei, und wir haben die ersten drei Tage nach ihrem Verschwinden das Haus und den Garten umgekrempelt, danach im Umkreis von einem Radius von etwa drei Kilometern alles systematisch abgesucht. Jetzt überlegt jeder für sich, ob ihm noch irgendetwas einfällt, was zu ihrem Auffinden beitragen kann. Aber wir schwanken immer sehr mit unseren Empfindungen."

Ich sehe sie fragend an. „Wie soll ich das verstehen?"

„Manchmal sind wir total durcheinander und fast verzweifelt, aber im nächsten Moment rufen wir uns wieder zur Vernunft und sagen uns, sie macht sich irgendeinen Spaß mit uns. Denn es kann doch nicht so einfach etwas vor unseren Augen passiert sein, ohne dass wir es bemerkt haben."

„Wie stand sie eigentlich zu deiner Ente? Hatte sie ein gutes Verhältnis zu ihr?"

Nadine verschluckt sich fast. „Nein, die beiden konnten sich überhaupt nicht leiden. Frag mich nicht, woran es lag, denn ich kann es dir nicht sagen. Wenn es irgend möglich war, sind sie sich aus dem Weg gegangen."

Ich sehe sie verständnislos an. „Und wie ist das vor sich gegangen? War Flatter dann den ganzen Tag im Käfig eingesperrt?"

„Nein, natürlich nicht. Aber Marisa hatte nie ein nettes Wort für mein Kuscheltier, und Flatter hat den Kopf weggedreht, wenn unsere Pensionswirtin in der Nähe war."

Ich kratze den Joghurtbecher aus. „Das war natürlich keine gute Konstellation. Aber das Leben ist manchmal hart, und nicht jeder kann jedem ein Freund sein."

Kapitel 4

In der Gartenanlage der Pension Waldfrieden entdecke ich zwei leere Käfige, einen großen und einen kleinen, und es bereitet mir keine Mühe, mir die dazugehörigen Tiere vorzustellen.

Vor dem Entenkäfig bleibe ich stehen und betrachte das große, eingezäunten Gehege.

Wie kann es sein, dass Marisa ihrem Gast einen so schönen Tierpark zur Verfügung gestellt hat, wenn sie die Ente nicht mochte?

Meine Gedanken versuchen ein Netz zu spinnen, in dem sich Nadine als Täterin verfängt. Kann die Antipathie zwischen Ente und Pensionswirtin so groß gewesen sein, dass sie zu einem Verbrechen führte, zu einer Entführung oder sogar einem Mord?

„Sie ist nicht da!" ertönt eine weibliche Stimme hinter mir mitten in meine Gedanken hinein, und ich schrecke hoch.

Ich drehe mich um und entdecke eine gut gekleidete Frau mittleren Alters, die auf einer Gartenbank sitzt und mit einem Finger auf den

Entenkäfig zeigt. „Dieser Käfig ist meist leer, denn Flatter und Nadine sind unzertrennlich."

„Ich habe beide schon kennengelernt", verrate ich ihr. „Und Sie sind bestimmt Anna, die Lehrerin."

Sie nickt, und ihr kurzes, rotes Haar leuchtet in der Sonne. „Richtig, aber wir sagen hier alle „Du" zueinander, damit finden wir zu einer besseren Hausgemeinschaft."

„Das ist für mich auch okay", finde ich. „Carolin heiße ich, und ich mag es nicht, wenn man mich Caro nennt, und das hat gleich drei Gründe."

Sie schmunzelt. „Lass mich raten! Es gibt ein Getränk, das diesen Namen führt, und möglicherweise erinnert dich dieser Name auch an den Karo König. Mehr fällt mir gerade dazu nicht ein."

„Das war schon gut", lobe ich sie. Caro heißt auch im italienischen „der liebe", zu mir müsste man dann eher Cara sagen, in der weiblichen Form."

„Wie wäre es dann mit einem Karree in der sächlichen Form?" schlägt sie schmunzelnd vor, und ich registriere, dass sie, genau wie ich, Wortspiele liebt.

„Mit Carolin bin ich völlig zufrieden, und ich denke, das bist du mit deinem Namen auch, wenn man ihn ohne Schnörkel ausspricht."

Anna nickt. „Meine früheren Kollegen meinten immer, sie müssten ihre Allgemeinbildung beweisen, indem sie mich Ännchen nannten, nach dem bekannten Lied aus Tharau."

„Da bist du jetzt bestimmt froh, diesen Besserwissern entkommen zu sein", vermute ich. „Mir sind noch eine ganze Reihe Lehrer in

Erinnerung geblieben, die auch außerhalb ihrer Fachkenntnisse stets meinten, alles am besten zu wissen. Ich denke, hier, in dieser herrlichen Berglandschaft, wird alles wieder relativiert."

„Genauso ist es. Ich bin gerade in einer Lebensphase, in der ich sortiere, was alles zu meinem alten Leben gehörte, und was ich davon nicht mehr benötige. Es ist so eine Art Generalüberholung meiner Lebensweise."

„Das sollten alle Menschen von Zeit zu Zeit einmal ins Auge fassen!" versuche ich, eine Verbindung zu dem Vermissten- Fall herzustellen. „Bestimmt hat Marisa genauso gedacht, bevor sie hier spurlos verschwand."

Anna springt auf. „Für mich ist der Fall ganz klar. Irgendjemandem war unsere nette Pensionswirtin im Weg, und derjenige hat sie dann umgebracht. Am Abend, bevor sie in der Nacht verschwand, war die Welt für sie in Ordnung. Wir hatten alle zusammen im Garten noch etwas gefeiert. Um Mitternacht haben wir uns dann alle gute Nacht gesagt und Marisa zum letzten Mal gesehen. Kurz danach sind wir zum Schlafen in unsere Zimmer gegangen, und am anderen Morgen war sie spurlos verschwunden. Für mich steht fest, dass es sich um einen Mord handelt."

Nach dieser deutlichen Aussage scheue ich mich nicht, sie zu fragen: „Kann denn nicht auch der Tiger der Täter gewesen sein?"

Sie sieht mich vorwurfsvoll an. „Ganz bestimmt nicht. Das ist noch ein junges Tier, und, ich will zwar nicht pietätlos sein, aber für den ist Marisa bestimmt ein zäher Brocken."

„Ich habe das Kätzchen noch nicht kennengelernt", verrate ich ihr. „Du bist davon überzeugt, dass es ein Mord ist, wer ist der Mörder?"

„Natürlich Maximilian, der gerade in Scheidung lebt. Sicher ist er so frustriert, dass er sich an irgendeiner Frau rächen musste. Bei seinen düsteren Gedanken war ihm die lustige Marisa bestimmt ein Dorn im Auge."

„Wenn alle Menschen, die im Moment Frust haben, alle umbringen, die fröhlich sind, hätten wir kaum noch Menschen auf der Erde", wende ich ein. „Für einen Mord musst du mir schon einen triftigeren Grund liefern! Hatten die beiden denn Streit?"

„Mit Marisa kann man keinen Streit bekommen", behauptet die Lehrerin im Ruhestand. „Sie wollte immer nur das Gute in den Menschen sehen, aber der Schornsteinfeger geht uns allen momentan sehr auf die Nerven mit seiner negativen Sichtweise."

Sind unterschiedliche Ansichten, unterschiedliche Gefühlslagen ein Mordmotiv? frage ich mich. Was hätte Maximilian davon, die Frau umzubringen, bei der er momentan gut aufgehoben ist? „Hat er sich denn irgendwie verändert, seit unsere Wirtin verschwunden ist."

„Oh ja", behauptet sie. „Er übernimmt einige ihrer Aufgaben hier im Haus, die vorher Marisa erledigt hat. Das zeugt von einem schlechten Gewissen."

Ich überlege. „Es kann auch andere Gründe haben. Möglicherweise ist es ihm wichtig, dass er andere unterstützen kann. Vielleicht möchte er gebraucht werden, gerade jetzt in der Zeit der Scheidung. Weißt du, warum sich die beiden trennen? Hat sie ihn vielleicht abgeschoben? Das könnte ihn zum Beispiel jetzt dazu bringen, sich hier nützlich zu machen."

„So kannst du nur reden, weil du ihn noch nicht kennst." Sieht mich vorwurfsvoll an. „Er ist ein sehr negativ eingestellter Mensch, der nicht viel Freude bereitet. Jochen dagegen, der Kanalbauer, ist immer fröhlich und freundlich, der verbreitet gute Energien, genau wie Tonio, der Journalist."

„Ich bin schon sehr gespannt, sie näher kennenzulernen. Und wie war es mit Marisa? Gibt es auch etwas an ihr, was dir nicht gefällt?"

„Sie hatte einen sehr lockeren Lebensstil und zeigte Spontanität. Das ist nicht jedermanns Sache. Ein bisschen mehr Ordnung hätte dem Haus gutgetan", findet sie.

„Aber hier ist alles sauber und ordentlich", wende ich ein.

„Das ist Ellis Verdienst. Marisa hat nur delegiert und hat sich für das große Ganze verantwortlich gefühlt. Mit den kleinen Dingen hat sie es oft nicht so genau genommen, und du kannst dir vorstellen, dass sie damit nicht ganz auf meiner Wellenlänge liegt."

„Wie meinst du das?" hake ich vorsichtshalber noch einmal nach.

„Ich bin das, was man das Klischee für eine Lehrerin nennt. Ich weiß, da gibt es ganz unterschiedliche, die auch sehr tolerant sein können. Aber ich bin es eben nicht. Mir fällt jeder kleinste Fehler sofort ins Auge, und er stört mich. Ich fühle mich berufen, zu korrigieren, wo es nötig ist."

„Das finde ich prima", lobe ich sie. „Jeder Mensch sollte nach seinen Veranlagungen leben und das tun, was ihm liegt. Aber was wirst du jetzt tun, wenn du im Ruhestand bist? Sicher findest du in dieser Welt genügend Dinge, die korrigiert werden müssen."

„Genau deswegen bin ich hier, ich suche ein neues Lebensprojekt."

Ich sehe sie aufmunternd an. „Dann wünsche ich dir weiter viel Glück!"

Zwei unvereinbare Charakterzüge zweier Frauen, kann das schon ein Mordmotiv sein? Im Moment leben sie auf engem Raum miteinander, welche Konflikte kann es geben?

Jedenfalls werde ich sie nicht von der Verdächtigen-Liste streichen.

Kapitel 5

In der winzigen Bibliothek treffe ich auf einen vom Alter her schwer einschätzbaren Mann mit einem Zopf, der mich an die Haarfrisur von Mozart erinnert. Bevor ich in Gedanken die Liste der Dauer-Gäste durchgehen kann, stellt er sich bereits vor. „Ich bin Tonio, von Beruf Journalist, und du bist bestimmt Carolin, die sich in diesen mysteriösen Zeiten hierhin traut."

„Das Haus gefällt mir, und die Gäste bisher auch", teile ich ihm wahrheitsgemäß mit. „Und du hast richtig geraten, dass ich der avisierte neue Gast bin. Ich habe auch schon von dir gehört. Wie kommst du voran mit deinem neuen Buch?"

„Es ist mein erstes, und ich bin selber darauf gespannt. Nach vielen abenteuerlichen und interessanten Weltreisen muss ich endlich etwas zu Papier bringen, damit ich nicht alles vergesse. Vor allem die Emotionen sollten noch frisch sein, damit ich sie möglichst naturgetreu wiedergeben kann."

„Eine gute Idee, und ich sehe, dass du dich hier schon einmal umsiehst, wie es die anderen gemacht haben", bemerkte ich halb scherzend.

„Marisa hat eine fantastische Bibliothek, klein, aber fein. Ich finde außerordentlich wertvolle Bücher in ihrer Sammlung."

„Ist es nicht merkwürdig, dass sie das alles hinter sich gelassen haben soll? Glaubst du an eine Flucht oder an einen Mord?" frage ich ihn direkt.

„An einen Mord natürlich", antwortet er prompt und mit fester Stimme.

Einen kleinen Augenblick lang verschlägt mir diese spontane Antwort die Sprache. „Warum bist du dir da so sicher?"

„Wegen des Testaments."

Ich sehe ihn erstaunt an. „Es gibt ein Testament? Und das kennst du?"

„Du hast es noch nicht gesehen?" antwortet er mit einer Gegenfrage.

„Müsste ich das? Wo befindet es sich denn?"

„Es liegt im Fernsehraum, gleich neben der Fernsehzeitschrift und der Fernbedienung."

Jetzt verstehe ich die Welt nicht mehr. Will er mich auf den Arm nehmen? Hat man mir nicht erzählt, dass er eine Art Pausenclown ist?

Ungläubig sehe ich ihn an. „Du willst mir doch nicht im Ernst sagen, dass ein Testament einfach so herumliegt, dort, wo jeder hineinschauen kann!"

Ein winziges Grinsen spielt um seinen Mund herum. „Das klingt nicht sehr glaubwürdig, aber es entspricht den Tatsachen. Du kannst gleich in das Nachbarzimmer gehen, und es dir durchlesen."

Sollte er doch die Wahrheit sagen? Ich werde nicht schlau aus ihm. Also werde ich ihn weiter interviewen. „Was steht denn darin? Du wirst es doch sicher schon gelesen haben."

„Ja, natürlich habe ich es gelesen, wie wir alle in diesem Haus, denn es ist ja auch für uns bestimmt."

Mein Blick wird wieder skeptisch. „Ein Testament für uns? Für wen genau?"

„Für alle Gäste, die sich zum Zeitpunkt ihres Ablebens in diesem Haus und auf ihrem Anwesen befinden."

Ich ringe nach Worten. „Für alle Gäste? Etwa auch für die Tiere?"

Er nickt fröhlich. „Ja, da findest du auch einen Abschnitt, der tierische Wesen betrifft. Glaubst du das etwa nicht?"

„Ich kann es noch nicht glauben, von einem solch verrückten Testament habe ich noch nie gehört. Das würde ja bedeuten, dass sie all ihr Hab und Gut irgendwelchen fremden Menschen vermacht, die sie vielleicht überhaupt nicht mag."

„Das kann durchaus der Fall sein", räumt er ein. „Du hast doch schon mit einigen Gästen dieses Hauses gesprochen. Hat dir noch niemand von diesem Testament erzählt?"

„Bisher noch nicht", gestehe ich. „Vielleicht, weil sie momentan noch andere wichtige Dinge im Kopf haben."

„Ein Testament kann ein besserer Muntermacher sein als ein Kaffee", behauptet Tonio. „Da hat sich Marisa etwas Originelles ausgedacht."

Ich fühle mich immer noch etwas schwindelig. „Wenn du mich nicht auf den Arm nimmst, gibt es also ein Testament, von dem alle Gäste etwas wussten. Jedem, der hier wohnt, steht in Aussicht, etwas zu erben, wenn der Pensionswirtin etwas passiert."

„Ja, das Testament ist von einem Notar beglaubigt und liegt schon seit einigen Wochen dort. Ich habe es rein zufällig entdeckt, als ich im Gemeinschaftsraum mit dem Staubwischen dran war. Ich sehe nämlich nicht gern fern über den Bildschirm, da sind mir meine Reisen lieber. Bücher dagegen sind meine ganze Leidenschaft, so wie dieses alte hier." Er zeigt mir einen Lederband mit Goldschnitt. „Der ist aus dem Mittelalter und ein halbes Vermögen wert."

Wieder ringe ich nach Worten. „Hast du ihn dir etwa betrachtet, weil du auf ihn als Erbstück spekulierst?"

Er lacht. „Nein, ich liebe Bücher, besonders die alten. Es ist einfach schön, sie einmal berühren zu können. Kennst du das Ledermuseum in Offenbach? Dort findest du noch mehr solcher Schätze."

„Nein, das kenne ich noch nicht. Vermutlich lohnt es sich, einmal dorthin zu fahren. Was steht denn eigentlich in dem Testament über Tiere?"

„Du könntest es natürlich auch selbst lesen, aber offenbar bist du der Typ Frau, der viel Konversation mag. Für jedes Tier, dass sich zum Zeitpunkt des Ablebens der guten Marisa auf ihrem Grund und Boden befindet, ist lebenslang ausgesorgt. Da steht ein Fond zur Verfügung der jedes animalische Wesen zu einem Luxusleben bringen kann. Es darf zur Kosmetik und zum Friseur, gegebenenfalls zu Massagen, zu

Ausstellungen und kann auf endlos lange Urlaubsreisen gehen."

„Apropos Urlaubsreisen", kommt mir ein Gedanke in den Sinn. „Du hast deinen Tiger bestimmt auch von einer Reise mitgebracht. Wo ist er denn jetzt überhaupt?"

„Nein, ich habe ihn nicht aus dem Ausland eingeführt, sondern privat erworben. Tatsächlich ist es in Deutschland sogar in sechzehn Bundesländern erlaubt, einen Tiger zu erwerben, wenn man nachweisen kann, dass er artgerecht gehalten wird. Prometheus ist zahm und hat ein großes Temperament, Deswegen hat ihn sein Vorbesitzer mit diesem Namen versehen, weil der antike Titan den Menschen das Feuer gebracht hat."

„Ein bisschen verdreht", finde ich. „Hat Prometheus nicht echtes Feuer gebracht und versucht, die Menschheit zu emanzipieren. Wie sollte das ein Tiger schaffen?"

„Die Lebensweise eines Tigers zu beobachten, kann sehr viel bewirken", findet Tonio. „Von Tieren können wir sehr viel lernen. Aber ich verrate dir jetzt ein Geheimnis: Ich betreue ihn nur, solange sein Herrchen seinen Gips tragen muss. Carlo, mein bester Freund, hat sich nämlich beim Skifahren den Fuß gebrochen und kann sich daher momentan nicht so gut um Prometheus kümmern."

Ich finde noch einmal zu der Erbschaft zurück. „Und obwohl er ein Tiger ist, würde er trotzdem von Marisas Testament etwas bekommen, weil er gerade hier anwesend war?"

Der Journalist grinst. „So ist es. Und die Ente Flatter würde natürlich auch in Zukunft einen ganz anderen Lebensstandard führen können."

„Mögen sich die beiden denn, Flatter und Prometheus?"

„Der Tiger mag die Ente sehr, er liebt Enten, aber das beruht nicht auf Gegenseitigkeit."

Ich sehe ihn skeptisch an. „Das möchte ich jetzt etwas genauer wissen. Hat Prometheus Appetit auf Flatter oder wünscht er ihre Freundschaft?"

„Sie haben noch keinen Körperkontakt gehabt", berichtet Tonio. „Ich zeige dem Tiger dreimal am Tag ein Foto der Ente, und er wedelt jedes Mal mit dem Schwanz."

Was soll ich nur von dieser Antwort halten? Nimmt mich dieser Journalist auf den Arm und versucht, mich auf diese Weise von seiner dunklen Tat abzulenken?

„Du hast mir noch nicht verraten, wo sich Prometheus augenblicklich befindet? In deinem Zimmer vielleicht? Im Käfig habe ich ihn vorhin nämlich nicht gesehen."

„Heute ist er einmal bei meinem Freund Carlo, der ihn schon schrecklich vermisst hat. Aber wenn du noch ein bisschen hierbleibst, wird er dir sicher bald einmal die Pfote geben."

„Ich bleibe", antwortete ich mutig. „Wie oft hat man schon die Gelegenheit, gemeinsam mit einem Tiger frühstücken zu können?!"

„Das ist die richtige Lebenseinstellung", findet er. „Marisa ist dir da sehr ähnlich. Sie hat ihre Gäste immer dazu animiert, das Leben zu genießen, jede nur mögliche Minute."

„Haben sich denn alle animieren lassen?" möchte ich wissen.

„Wenn es etwas umsonst gibt, sind die meisten Menschen schnell mit dabei. Aber einigen Gästen hat es auch großen Spaß gemacht, die anderen haben wenigstens so getan, als ob. Es gab viele Grillfeste und gemütliche Abende, bei schönem Wetter draußen, und bei schlechtem Wetter im Aufenthaltsraum, der eigentlich eher ein Wohnzimmer ist. Auch die Spiele-Abende fanden großen Anklang."

„Also gab es ein schönes Wohnklima", entnehme ich seinen Worten. „Wie geht es jetzt weiter? Alle leben hier so, als sei nichts geschehen."

„Das hat uns erst mal die Polizei so geraten. Wir wissen ja nicht, was wirklich geschehen ist. Manche glauben ja noch an ein Wunder. Aber ein solches Testament kann einen labilen, vielleicht mittellosen Menschen, der seine Hemmschwelle bereits überschritten hat, schon zu einer kriminellen Tat verführen. Oder bist du da anderer Meinung?"

Ich seufze. „Leider muss ich dir da Recht geben. Ein interessantes Testament hat schon manchen verführt, in die Lebenswege einer anderen Person einzugreifen. Wie weit bist du eigentlich mit deiner Geschichte? Konntest du dich in dieser Situation überhaupt auf dein Thema konzentrieren?"

„Es ist schade, dass ich keinen Kriminalroman schreibe, sonst könnte ich ja einiges verwenden. Aber ja, danke der Nachfrage! Die Atmosphäre ist ausgezeichnet, und die Ideen fliegen mir nur so zu."

„Dann will ich dich auch nicht länger aufhalten, Tonio. Carpe Diem! Und das werde ich jetzt auch tun."

Er grinst schon wieder. „Ich denke, du wirst jetzt, anstelle dir die Berg-Luft in die Lungen zu ziehen, bestimmt erst mal im Wohnzimmer das Testament durchlesen."

Ich schenke ihm einen nachsichtigen Abschiedsblick. „Deine Kombinationsgabe ist bewundernswert, Mister Holmes!"

Ich hebe das Kinn und stolziere aus dem Zimmer.

Kapitel 6

Nachdem ich mich davon überzeugt habe, dass mich Tonio nicht angelogen hat, und Marisas rechtskräftiges, mit einem Stempel versehenen Testament tatsächlich unübersehbar auf der Kommode neben dem Fernseher liegt, überlege ich, ob ich mir zunächst einmal ein paar Kenntnisse über die finanziellen Situationen der Gäste aneignen soll.

Soll ich jeden Einzelnen befragen? Oder muss ich damit rechnen, dass man mich beschwindelt, mir Dinge verschweigt? Ich entscheide mich für Elli als Informationsquelle und suche sie in der Waschküche auf.

„Kann ich dir etwas helfen?" frage ich sie, als ich sie beim Bügeln antreffe.

Sie hebt kurz den Kopf. „Nein, das ist nur eine Bluse von mir, die ich gerade kurz bearbeite. Die übrige Wäsche geht in eine Wäscherei, damit muss ich mich zum Glück nicht abgeben. Aber wenn du Lust auf ein Schwätzchen hast, kannst du ruhig hierbleiben."

„Habe ich", antworte ich prompt. „Nachdem ich von den Dauergästen schon Nadine, Anna und Tonio kennengelernt habe, bin ich äußerst gespannt auf die restlichen Gäste."

Sie lächelt flüchtig. „Da hast du schon ein paar besondere Typen kennengelernt. Jeder ist momentan sehr stark mit sich selbst beschäftigt, ab und zu muss das eben mal sein."

„Wie sieht es eigentlich mit den Finanzen der Dauer-Gäste aus? Arm können sie ja eigentlich alle nicht sein, wenn sie sich den Aufenthalt in diesem bequemen Feriendomizil leisten können."

Sie stellt das Bügeleisen auf einen geeigneten Untersatz. „Aha! Du hast das Testament gesehen. Und jetzt glaubst du, dass jemand unsere Chefin umgebracht hat, um sie zu beerben?!"

„Man kann es nicht ausschließen", gebe ich zu. „Gibt es denn jemanden, dem eine Erbschaft wie ein warmer Regen vorkäme?"

„Wer kann Geld nicht gebrauchen?" antwortet sie ausweichend.

„Ich nehme an, dass du die Dauergäste schon ein bisschen länger kennst", fühle ich ihr auf den Zahn. „Möglicherweise kennst du auch ihre Zahlungsweise im Bereich dieser Unterkunft. Und das eine oder andere Gespräch über die Finanzen wird sich doch bestimmt auch schon ergeben haben."

„Ja schon", gibt sie zögernd zu. „Aber ich möchte auch nicht alles ausplaudern. Außerdem bin ich nicht wirklich über die geheimsten Dinge informiert. Alles andere kannst du dir ja denken. Die Lehrerin bekommt ihr Beamten-Ruhegeld, sie hat neulich eine kleine Erbschaft von einer Tante bekommen. Die Sozialarbeiterin, Nadine hat da schon größere Probleme. Nach einer Scheidung muss sie gemeinsam mit ihrem Exmann einige Schulden tilgen. Der Höhlenforscher lebt von gesponserten Projekten, und die bekommt er auch nur sporadisch. Allerdings wird er nebenbei noch von seiner Mutter unterstützt. Maximilian kann auch Geld gebrauchen in seiner Scheidungssituation, und Jochen, ja, der lebt mit seiner Familie von der Hand in den Mund. Seine Frau hat wohl einen Halbtagsjob, weil die Kinder noch nicht sehr groß sind. Bei Tonio, da weiß man gar nicht, wovon er lebt, aber er hat immer Geld in der Tasche und zeigt sich bei jedem Fest sehr spendabel. Diese Informationen sind allen hier bekannt, aber was jeder hier wirklich auf seinem Sparbuch oder im Sparstrumpf versteckt hat, das ist mir nicht geläufig."

„Also sieht es hier recht durchschnittlich aus", finde ich, „so wie an einigen Orten der Welt. Keiner hat riesige Reichtümer, jeder kommt irgendwie zurecht. Das ist immer noch besser als in vielen weiteren Teilen unserer Erde."

„Das habe ich dir doch gleich gesagt", bemerkt sie. „Sollte also meiner Chefin irgendetwas geschehen sein, ist sicherlich Geld nicht das Ausschlag gebende Motiv. Da kann ich mir eher vorstellen, dass es eine Tat im Affekt war, irgendjemand hatte seine Gefühle nicht im Griff. Schließlich ging alles so überraschend und plötzlich und ohne Vorwarnung."

„Du denkst also an Matthias und Maximilian?" frage ich sie direkt.

Sie atmet tief. „Also, wenn du mich so fragst, dann könnte ich sie mir schon beide als Täter vorstellen, die man mit irgendetwas in Rage gebracht hat. Man müsste sie natürlich vorher provoziert haben, ansonsten wirken sie schon eher harmlos."

„Was weißt du denn über Matthias und seine Projekte? Ist er unzufrieden? Hat er Misserfolge gehabt? Hat er private Probleme?"

„Wenn du mich fragst, hat er jede Menge Probleme. Sein letztes Projekt war ein Misserfolg, das neue Projekt ist bisher noch nicht genehmigt worden, und über das Privatleben spricht er überhaupt nicht. Wir nehmen an, dass er im Moment gar keins hat. Doch er zahlt regelmäßig seine Miete und räumt sein Zimmer auf. Bei der

Arbeitsteilung, die wir momentan vereinbart haben, verhält er sich auch korrekt. Da kann ich nichts an ihm aussetzen."

„Das Wichtigste habe ich dich noch gar nicht gefragt", fällt mir ein. „Wie sah es denn bei Marisa mit den Männern aus? Da sind vier Kandidaten: Matthias, Jochen, Tonio und Maximilian? Hat sie einen von den vier Typen besonders bevorzugt? Hat einer von den vier Herren Marisa mehr oder weniger heimlich verfolgt?"

„Jeder mochte sie", verrät Elli. „Sie ist einfach so ein Mensch, den man gernhaben muss. Sie sieht gut aus, hat eine gute Figur, ist intelligent und kann mit Menschen umgehen. Dabei ist sie noch ständig gut gelaunt, spendabel und ein bisschen verrückt. Da kommt ein Mann leicht auf die Idee, zu denken, sie sei eine bequeme Partnerin, oder?"

„Mag sein. Aber hatte sie nicht einen Favoriten?"

Sie schüttelt energisch den Kopf. „Nein, und wenn ja, dann hat sie es in der Öffentlichkeit gut versteckt. Mir kam es immer ein bisschen so vor, als würde sie sich insgeheim über alle lustig machen. So, als wolle sie mit allen nur spielen."

„Also könnte es doch sein, dass einer von den Herren versucht hat, näher mit ihr in Kontakt zu kommen, oder?"

Natürlich kann so etwas vorgekommen sein", gibt sie nach. „Aber so etwas muss nicht unbedingt hier in unserer Pension passiert sein. Es gibt ja draußen auch noch Menschen. Du spekulierst auf einen abgewiesenen Verehrer?"

„In der jetzigen Situation denke ich an alles. Hatte sie denn noch ein anderes Privatleben?"

Elli schmunzelt. „Nicht zum Vergnügen. Sie ging zum Einkaufen und um notwendige Erledigungen zu machen, aber die übrige Zeit verbrachte sie im Haus Waldfrieden. Wie ich schon sagte, sie hatte viel Freude an der Bewirtung ihrer Gäste."

„Sogar an den schlecht gelaunten?" frage ich sicherheitshalber noch einmal nach.

„Sie wusste mit ihnen umzugehen und brachte alle dazu, sich

ablenken zu lassen. In der heutigen Zeit ist das gar nicht so einfach, wenn jeder an seinem Handy herumfingert."

„Ja, das stimmt. Ich würde sie gern kennenlernen. Ob das je möglich sein wird?"

„Diese Frage kann ich dir nicht beantworten. Es gibt im Dorf eine Frau, die hellsehen kann. Vielleicht fragst du die mal", schlägt mir Elli vor.

„Das lasse ich vorerst sein, antworte ich mit Bestimmtheit. „Oder meinst du, sie hat hier ihre Hände im Spiel?"

„Nein, bestimmt nicht. Aber sie hat schon manche verlorenen Dinge wiedergefunden. Das erzählen sich die Leute hier in dieser Gegend. Es kann doch nicht schaden", findet sie.

„Ich lerne hier momentan schon genügend kuriose Menschen kennen", bemerke ich. „Die muss ich jetzt erst einmal verkraften. Aber Danke für das Gespräch! Ich werde mich mal in der Bergluft erfrischen."

Sie hebt kurz die Schultern und greift zum Bügeleisen. „Na dann! Viel Glück, wobei auch immer!"

Kapitel 7

Auf dem Hausflur stoße ich mit einem Mann mittleren Alters zusammen. Er begrüßt mich mit einem fröhlichen „Hallo", und ich bin sicher, dass es sich bei diesem Menschen im blauen Arbeitsanzug weder um Matthias den Höhlenforscher, noch um Maximilian den Schornsteinfeger handelt. Das muss Jochen sein, der im Kanalbau arbeitet.

„Schönen Feierabend!" rufe ich ihm zu.

„Nach so einem netten Gruß werde ich den bestimmt haben", behauptet er, und ich entnehme diesem Satz und seinem erwartungsvollen Blick, dass er bestimmt nichts gegen eine kurze Unterhaltung einzuwenden hat.

„Den hast du dir bestimmt auch verdient", füge ich schnell hinzu, weil ich mir davon eine Antwort verspreche.

Er lacht. „Ich habe schon schlimmere Tage erlebt, und ich hatte befürchtet, jetzt in ein

Trauerhaus zu kommen. Aber mit so einer netten Begrüßung hatte ich nicht gerechnet."

„Ich genieße gerade den Urlaub, da muss ich doch gut gelaunt sein", behaupte ich.

Er betrachtet mich überrascht. „Magst du ein Bier?"

„Da sage ich nicht nein", umgehe ich die exakte Antwort.

„Geh doch schon mal auf die Terrasse", schlägt er mir vor. „Ich besorge uns eins und komme dann gleich nach, wenn ich mich ein bisschen frisch gemacht habe."

„Ich habe nichts gegen deinen Blaumann", versuche ich, seine gute Laune zu erhalten. „Und das mit dem Trauerhaus ist doch hoffentlich nicht ernst gemeint."

„Hier geht alles drunter und drüber, verrät er mir, „und alle sind ein bisschen verrückt. Aber du siehst ziemlich normal aus, das ist eine erfrischende Abwechslung."

Er winkt mir zu und geht in die obere Etage, in der sich die meisten Zimmer der Dauergäste befinden. Inzwischen suche ich mir ein lauschiges Plätzchen auf der Terrasse, das vor unliebsamen

Zuhörern geschützt ist. Ich finde eine Ecke, umgeben von Weinlaub und Klematis, die sich mir einladend und fröhlich bunt entgegenranken.

Auf der frisch gestrichenen, aber trockenen Gartenbank nehme ich Platz und betrachte den gepflegten Garten, dem man es ansieht, dass ihn jemand mit Liebe versorgt.

Allmählich werde ich sehr neugierig auf Marisa. Nachdem ich nun schon einiges über sie weiß, kommt sie mir wie ein Allroundtalent vor. Diese Menschen sind einerseits beliebt, andererseits werden sie von anderen beneidet. Ein Mordmotiv?

Die erste Amsel singt ihr Abendlied, und ich höre ihr entspannt zu. Hier könnte ein Urlaub Spaß machen und den Alltag vergessen lassen.

Jochen erscheint in einer Jeans und einem bunten Sommerhemd. Eitel ist er also auch, registriere ich. Ob der Blaumann jetzt achtlos in einer Ecke liegt?

„Ich hab uns schon mal einen Platz frei gehalten", scherze ich, und er geht darauf ein.

„Dafür habe ich uns schon das Bier als Belohnung mitgebracht. Ein extra kaltes." Er reicht mir eine der beiden geöffneten Flaschen. „Auf den schönen Feierabend!"

Wenn der wüsste! Ich fange gerade erst an mit meiner Arbeit. Aber dafür ist es wichtig, dass er so wenig wie möglich über mich erfährt.

„Dann war hier sonst bestimmt viel los", versuche ich, ihn auf das Thema Marisa zu bringen. „Und jetzt ist es still ohne die Frau Wirtin."

„Tja, die ist schon eine tolle Frau",
teilt er mir unbefangen mit. Wenn
ich nicht selbst zu Hause ein so
nettes Frauchen hätte, das auf mich
wartet, wer weiß ...?!"

Ich seufze gespielt. „Schade, dass
ich Marisa bis jetzt noch nicht
kennenlernen konnte. Wo sie wohl
sein mag?"

„Also, die Gäste, besonders die
Dauer-Mieter sind ziemlich
überdreht. Die glauben an einen
Mord oder an eine Entführung, weil
sie entweder zu viele Krimis lesen
oder an die chaotischen
Nachrichten aus den Medien

gewohnt sind. Das ist doch alles Unsinn!"

„Und was glaubst du? Wo kann sie jetzt sein? Soviel ich weiß, hat sie niemandem Bescheid gegeben, wohin sie geht und sich bis jetzt noch nicht gemeldet."

„Na und?! Sie hat doch nach niemandem zu fragen, kein Kind und kein Rind. Vermutlich ist sie zu einer Freundin und macht sich einfach eine nette Zeit. So eine Auszeit hat sie doch auch mal verdient."

Meine Augenbrauen heben sich. „Hätte sie dann nicht wenigstens Elli Bescheid gegeben?

„Die kommt doch hier gut zurecht", findet er. „Bei der Arbeit ist sie eine gute Vertretung, nur die tolle Stimmung, die kann sie nicht so verbreiten wie Marisa."

„Hat die Pensionswirtin denn irgendwann einmal von einer Freundin gesprochen?"

Er überlegt. „Weiß ich nicht so genau. Ich glaube, da sind zwei oder drei, und die wohnen ziemlich weit weg. Vielleicht brauchte eine von ihnen ganz plötzlich Hilfe.

Marisa ist so spontan, die fährt sofort los, wenn man sie ruft."

„Dann kann ich ja Hoffnung haben", teile ich ihm mit. „Ich habe schon befürchtet, dass sie einem Verbrechen zum Opfer gefallen ist. Irgend so was habe ich nämlich hier als Gerücht gehört."

„Ach, Unsinn! Wer sollte denn so etwas tun, und warum?"

„Wegen dieses merkwürdigen Testaments", erinnere ich ihn an das Schriftstück.

Er lacht laut und stößt mit seiner Flasche an meine. „Na dann, Prost!

Auf das tolle Erbe! Daran glaubt doch keiner! Das ist doch nur Unfug!"

Ich schüttle den Kopf. „Nein, ich hab es mir angeschaut, es ist echt. Tonio, der Journalist, hat es auch angesehen, er glaubt, dass es einige Menschen zu einer kriminellen Tat verführen kann."

„Nein, bestimmt nicht. Da liegt er völlig falsch. So etwas gibt es auch nur in einem Krimi. Man weiß doch gar nicht, ob hier der ganze Besitz nicht völlig verschuldet ist."

„Ein Erbe kann man ja auch ausschlagen, wenn sich so etwas

herausstellt", erinnere ich mich an einen Erbfall. „Aber Geld verführt normalerweise schon zu allerhand kriminellen Taten. Denk nur an die Taschendiebe, denen man es manchmal sehr leicht macht! Auch eine Bank verführt zum Bankraub, und es ist schon der eine oder andere wegen eines verführerischen Testaments umgebracht worden", gebe ich ihm zu bedenken.

„Das kannst du vergessen!" rät er mir. „Diese nette Frau bringt doch keiner um wegen ein paar Kröten. „Und wie und wo soll das geschehen sein? Wir waren doch alle in dieser Nacht da, da hätten wir schon mitbekommen, wenn einer eine Leiche weggeschleppt hätte. Wir haben doch alle unsere Zimmer oben, genau wie die Chefin des Hauses."

„Sie muss ja nicht in ihrem Zimmer ermordet worden sein. Vielleicht hat sie jemand nach unten gelockt, oder sogar in den Garten", schlage ich vor.

„Das kannst du vergessen", sagt er mit fester Stimme. „Wir haben hier zwar keinen Wachhund im Haus, aber der Tiger, der meldet sich, wenn sich nachts etwas draußen bewegt. Und in dieser Nacht war es totenstill."

Wie passend ist doch seine Wortwahl! Aber die Sache mit dem Tiger muss ich mir noch einmal genauer erklären lassen. „Was meinst du damit? Was ist mit dieser großen Katze?"

„Prometheus ist wie ein Wachhund. Im Gegensatz zu der albernen Ente, die nicht halb so lustig ist wie die „kalte Ente", die ich neulich getrunken habe, ist dieser Tiger ein sehr kluges und aufmerksames Tier. Mario hat zwar behauptet, dass er das Kätzchen aus einem Privatbesitz erworben hat, aber ich glaube, diese zahme Raubkatze ist aus einem Circus. Sie schläft nicht wie Flatter in der oberen Etage, sondern in einem Käfig im Garten und meldet sich, sobald sich dort ein Lebewesen hineinschleicht. Erst vor ein paar Tagen kam ich einmal spät aus der Wirtschaft heim, da fing dieser falsche Wachhund doch direkt an, ein Geschrei zu machen, dass sich anhörte wie ein Geheul von streitenden Katzen."

„Aber hat dieses Tier denn ein so gutes Gehör, dass es alles hört, was rundherum um das Haus passiert?

Warum hat er dann nicht angeschlagen, als Marisa das Haus verließ?"

Er kneift die Augen zusammen. „Hast du nicht die beiden Stahlseile gesehen, die rechts oben neben dem Haus in Höhe des Giebels in Richtung Berg führen."

Ich überlege. „Stahlseile? Meinst du diese Drahtseile von der Oberleitung, der Stromleitung, die neben dem Giebelfenster befestigt ist?"

Jochen lacht. „Das ist keine Überlandleitung, und in den Drahtseilen fließt auch kein Strom.

Das ist eine Seilbahn für Waren, die man von hier nach oben zur Alm und wieder hinunter transportieren kann. Bis vor kurzem lebte dort auf der Sennhütte Marisas Tante und schickte Milch und Käse hinunter. Leider ist sie verstorben, und bis jetzt kümmert sich eine Aushilfe um das kleine Anwesen, bis ein neuer Betreiber gefunden wird."

Ich denke an das kleine Giebelfenster neben den Drahtseilen. Dann könnte jemand Marisa durch das Fenster in den Lastenaufzug gebracht haben, reime ich mir zusammen. „Kann man das Fenster öffnen?" frage ich ihn, „und wer kann diese Seilbahn bedienen?"

„Das Fenster ist verschlossen, und den Schlüssel besitzt Marisa, und auch nur sie hat den Schlüssel zum Kasten für die elektrische Seilbahnbedienung. Dort wird sie entwischt sein. Die Polizei war schon da und hat sich beides angeschaut. Es sind keine Aufbruchspuren an beiden Schlössern vorhanden. Wo unsere Chefin den Schlüssel immer versteckt hat, wissen wir nicht. Niemand weiß das von uns, weil die Seilbahn schon länger nicht mehr in Betrieb war. Zuletzt hat diese Tante ihre Waren einer Bekannten mitgegeben, die ebenfalls dort oben einen Alm-Betrieb hat. Das alles haben wir der Polizei auch schon gesagt, denn sie interessierte sie auch dafür. Ich bin sicher, die liebe Marisa ist dort durch das Fenster geflohen."

Ich ärgere mich, dass ich die Drahtseile für eine Stromleitung gehalten habe, und mir daher diese wichtige Information fehlte. Doch Jochen soll nicht merken, dass ich damit eine interessante Spur gefunden habe, deswegen kehre ich wieder zu dem Thema Erbschaft zurück. „Wer erbt denn diese Alm da oben? Auch Marisa?"

„Keine Ahnung! Aber das Thema finde ich auch uninteressant. Ich möchte lieber etwas mehr von dir wissen. Was machst du sonst, wenn du keinen Urlaub machst?"

„Daran will ich jetzt gar nicht denken", weiche ich aus. „Mein Chef lässt mir zwar ziemlich freie Hand bei den Ausführungen meiner Arbeiten, aber er erwartet möglichst schnell konkrete Ergebnisse. Die Bezahlung für die Auskünfte, die ich für ihn einhole, ist nicht übermäßig groß."

„Dann bist du so eine Art Akquisiteurin", vermutet er. „Oder bist du etwa auch Journalistin?"

„Mit dem Beruf des tigerfreundlichen Tonios habe ich nichts gemein", versichere ich ihm. „Und wie sieht es mit deiner Arbeit aus? Hast du ab und zu einmal Spaß daran?"

„Spaß haben wir Kollegen eigentlich immer", berichtet er. „Aber nach der Arbeit ist man oft ziemlich geschafft. Und das freut meine Ehefrau zu Hause?"

Ich sehe ihn irritiert an. „Sie ist froh, dass du am Abend ziemlich erschöpft bist? Ich dachte, ihr führt eine gute Ehe."

„Unsere Ehe ist ganz normal", behauptet er. „Vielleicht liegt das auch daran, dass wir so eine Art Wochenend-Ehe führen. Lisa ist froh, dass ich dann abends müde bin und keine mehr Lust habe, mich mit fremden Frauen zu treffen."

„So wie jetzt mit mir?" sage ich und grinse.

„Ein Bierchen mit einer netten Zimmernachbarin ist schon gestattet", glaubt er. „Ihre Eifersucht hält sich in Grenzen."

In diesem Augenblick durchtrennt ein markerschütternder Schrei die Stille, und ich schrecke hoch.

Was ist passiert? Hat jemand Marisas Leiche gefunden? Hat ein Mordversuch stattgefunden, oder ist ein zweiter Mord passiert?

Jochen und ich springen von unseren Plätzen hoch und eilen in die Richtung, aus der wir den Ruf vermuten.

„Lass mich vorgehen", sagt er, um mich zu schützen. „Der Schrei kam aus dem Haus."

Nachdem wir im Flur niemanden gefunden haben, eilen wir in den Aufenthaltsraum.

In der einen Ecke steht Nadine und hält ihre Ente im Arm, das Gesicht der Frau drückt höchste Erregung aus, während sich das Tier ruhig verhält.

In einer Entfernung von circa zwei Metern von ihnen sehe ich Tonio mit einem jungen Tiger an der Leine. Beide zeigen einen gelassenen Gesichtsausdruck.

„Was ist hier passiert?" will Jochen wissen. „Hat einer von euch so laut geschrien? Ist jemand verunglückt?"

Nadine sieht ihn entsetzt an und streichelt die Ente. „Diese Bestie da drüben hat das Ei gefressen."

Ich sehe sie irritiert an. „Wer hat wen gefressen?"

Die Enten-Mutter sieht mich böse an. „Prometheus hat soeben das Ei gefressen, dass Flatter gerade gelegt hatte."

Tonio verschränkt die Arme in Verteidigungshaltung. „Tiger fressen überhaupt keine Eier, sie sind reine Fleisch-Fresser."

„Streitet ihr euch etwa über ungelegte Eier?" mischt sich Jochen ein, um mit einem Scherz die gespannte Atmosphäre etwas aufzulockern, aber damit scheint er bei Nadine nicht gut anzukommen.

Sie zischt ihn böse an: „Das Ganze ist überhaupt nicht witzig! Mein Goldstück hat eben auf dem Sofa ein wunderschönes, großes Ei gelegt, und ich bin nur kurz aus dem Zimmer gegangen, um einen kleinen Karton als Nest zu holen. Doch als ich wiederkam, war das Ei fort, und stattdessen standen dieses gescheckte Biest und sein Wächter vor mir."

„Dann werden wir das Ei eben suchen", schlage ich vor. „Aber du weißt schon, dass aus diesem Ei kein Küken ausschlüpfen kann?! Oder hältst du hier heimlich auch einen Enterich?"

„Natürlich halte ich hier keinen Erpel", faucht mich Nadine an. „Flatter ist mein einziges Kuscheltier. Und du musst mich auch nicht für doof halten. Natürlich weiß ich, dass man auch Hühner ohne Hahn halten kann und trotzdem Eier bekommt. Aber sie legen viel besser, wenn ein Hahn in der Nähe ist."

Jochen lacht. „Bei den Tieren findet man immer wieder Verhaltensweisen, die denen der Menschen ähneln. Findest du das nicht auch Tonio? Auch Frauen verhalten sich völlig anders, wenn ein Mann in der Nähe ist. Das sehe ich immer wieder beim Kaffeekränzchen meiner Frau."

Der Journalist schmunzelt. „Das konnte ich auch schon beobachten, aber umgekehrt ist es genauso. Als wir neulich gemeinsam in der Wirtschaft Skat gespielt haben, und uns der Wirt bedient hat, haben wir uns alle noch ziemlich normal verhalten. Aber als dann die hübsche neue Bedienung kam, diese Carmen, haben wir uns doch ganz schön wie die Gockel benommen.“

Jochen stupst ihn mit der Faust an und grinst. „Musst du mir jetzt in den Rücken fallen?! Wir Männer müssen doch zusammenhalten, wenn wir uns angegriffen fühlen.“

Tonio schüttelt den Kopf. „Im Moment ist es besser, wenn wir sachlich bleiben. Es geht um ein spurlos verschwundenes Entenei. Wenn ich es nicht besser wüsste, dann würde ich annehmen, dass sich Marisa hier heimlich im Keller versteckt und Appetit auf ein Ei verspürte."

Nadine sieht ihn entsetzt an. „Wie kann man nur so brutal sein?! Flatter hat dieses Ei gelegt in der Annahme, mir ein Kind zu präsentieren, mir etwas Kostbares zu schenken. Und jetzt hat es jemand gestohlen. Bestimmt hat es doch der Tiger gefressen."

Jochen legt den Arm um die aufgeregte Frau. „Nun mach mal halblang! Es ist ja noch gar nichts bewiesen. Wir werden jetzt das Ei erst einmal suchen, vielleicht ist es irgendwohin gerollt."

„Wir können es gern suchen", gibt der Journalist nach, „aber du, Nadine, musst nicht denken, dass deine Ente beim Eierlegen einen karitativen Zweck verfolgte! Die Natur will es einfach so: Diese Vögel legen Eier, ob sie wollen oder nicht."

Nadine stöhnt und wendet sich an mich. „Sind alle Männer nicht völlig unsensibel?!"

„Ich gebe zu, diese beiden Herren verhalten sich nicht besonders rücksichtsvoll zu dir, aber es gibt tatsächlich auch andere Exemplare dieser Gattung Mann, auch wenn sie aus evolutionären Gründen eigentlich ursprünglich als Draufgänger und Eroberer erschaffen wurden."

Jochen sieht mich erstaunt an. „Von dieser Seite kenne ich dich ja noch gar nicht. Jetzt kommst du mir vor wie eine Freundin meiner Frau. Wenn meine Lisa da mit ihren Freundinnen gegen die Männer schimpft, bleibt kein gutes Haar mehr an uns. Da kommt man sich schon fast vor wie ein Höhlenmensch mit der Keule."

„Oft seid ihr ja auch noch so", behauptet Nadine. „Habt ihr denn gar kein Feingefühl? Flatter ist schon völlig eingeschüchtert. Kannst du nicht endlich mal diese Bestie einsperren?" wendet sie sich an den Journalisten.

„Aber gern", sagt er nachsichtig lächelnd. „Ich wusste bisher nicht, dass deine Tierliebe so einseitig ist und schon bei einer Ente endet. Dann werde ich mich einmal entfernen, aber wirf mir nachher nicht vor, ich hätte mich vor diesem nachösterlichen Eiersuchen gedrückt!"

„Gemeiner Kerl!" zischt sie ihm nach, als er sich mit Prometheus entfernt.

Jochen und ich kriechen inzwischen auf dem Boden herum, rücken Stühle und Tische, wobei wir uns bewusst sind, dass uns die Sozialarbeiterin scharf beobachtet.

„Komm lass uns noch das Sofa wegrücken!" schlägt der Handwerker vor.

„Aber seid bloß vorsichtig!" mahnt Nadine. „Es ist sehr zerbrechlich."

Mir ist klar, dass sie nicht das Sofa meint, sondern das Ei.

„Wenn wir es nicht finden, nicht einmal ein paar Schalenreste, könnte auch eine Schlange hier gewesen sein", scherzt Jochen. „Da gibt es nämlich einige Exemplare, die Eier mit Haut und Haar verschlingen. Da gibt es zum Beispiel die afrikanischen und die indischen Eierschlangen. Und wenn Tonio einen Tiger hier im Käfig hält, befindet sich möglicherweise auch eine Schlange in seiner Obhut. Das sind beides Tiere, die nicht jeder als Haustier hält. Aber ihm traue ich es schon zu."

Nadine stöhnt. „Wenn das so weitergeht, bleibt mir nichts

anderes übrig, als hier auszuziehen. Dabei habe ich Marisa schon das Geld für vier Wochen im Voraus bezahlt. Und jetzt ist sie nicht mehr da, und möglicherweise auch gar nicht mehr am Leben."

„Aber Prometheus hat deiner Ente bis jetzt doch noch gar nichts getan", versucht Jochen, die junge Entenmutter zu beruhigen. „Eine Tat musst du ihm erst noch nachweisen."

„Wer soll es denn sonst gewesen sein? Und eins kann ich dir sagen: Das werde ich nicht ungestraft lassen. Wenn man einen Tiger hier in diesem Land hält, muss man nachweisen, dass man dazu fähig ist. Und ein Mann, der seiner Raubkatze erlaubt, fremde Eier zu fressen, der ist in der Gemeinschaft nicht tragbar. Was sagst du dazu, Carolin?" wendet sie sich an mich.

„In diesem Land darf sich keiner an fremdem Eigentum vergreifen", antworte ich theatralisch. „Allerdings gilt hier auch, dass ein Täter so lange unschuldig ist, bis man ihm die Schuld nachweisen kann."

Jochen stöhnt. „Geht es jetzt eigentlich noch um das Ei? Oder seid ihr nur so empfindlich, weil sich eure Gedanken die ganze Zeit um Marisa drehen. Bald wird hier jeder in jedem ein Täter sehen und jeder jeden verdächtigen."

Auch unter dem Sofa ist kein Ei zu finden, und der Bauarbeiter sieht Nadine aufmerksam an. „Bist du sicher, dass hier überhaupt ein Ei gewesen ist? Du bist doch in der Rekonvaleszenz. Nimmst du noch Medikamente?"

Wütend sieht sie ihn an. „Ich weiß genau, wie du das meinst. Du hältst mich wohl für ein bisschen verrückt?! Ich werde doch noch wissen, wie ein Ei aussieht."

„Wie sah es denn aus?" hakt Jochen nach. „Gelb oder grün?"

„Es sah fast aus wie ein Hühnerei, nur ein bisschen größer, und ein paar Farbtupfer hatte es auch."

Jochen grinst erneut. „Vielleicht hat es auch Matthias, der Höhlenforscher an sich genommen, weil er dachte, er habe ein kleines Dinosaurier-Ei entdeckt."

„Mir ist jetzt nicht nach Witzen zumute", erklärt ihm die enttäuschte Frau. „Macht, was ihr wollt! Ich werde mich jetzt zurückziehen."

„Soll ich uns einen schönen heißen Kakao machen?" schlage ich ihr vor. „Das hilft manchmal über den ersten Schrecken."

Jochen sieht mich erstaunt an. „Und was ist jetzt mit dem Bier?"

„Trink es für mich! Aber du hast dann noch etwas gut bei mir. Beim nächsten Mal lade ich dich ein."

Damit gibt er sich zufrieden. „Okay, wir holen das nach", sagt er zu mir und wendet sich noch einmal an die Entenmutter. „An deiner Stelle

würde ich jetzt für Flatter einen
Termin bei einem Therapeuten
buchen, ihre Traumata müssen
bearbeitet werden.“

Kapitel 8

Nachdem ich Nadine mit einer
heißen Schokolade und ein paar
mitfühlenden Worten beruhigt und
gesehen habe, dass Flatter munter
umherwatschelt, ziehe ich mich in

mein Zimmer zurück, um mit meinem Chef die Lage zu besprechen.

Müller-Tiedendorf hört sich meinen Bericht aufmerksam an.

„Was hast du jetzt als nächstes vor?"

„Ich wollte einen Abstecher zur Alm einplanen, um mir diese Waren-Gondel anzusehen, die von der Pension zur Alm als Transportmittel benutzt wurde. Möglicherweise wurde Marisa darin transportiert, und ich wollte mal nach Spuren schauen."

Er setzt seinen väterlich-gönnerhaften Ton auf. „Das kannst du dir sparen! Die Spurensicherung hat das längst erledigt und festgestellt, dass weder die Gondel noch das gesamte Drahtseil in der letzten Zeit benutzt worden sind. Wir haben zwar auch den Weinkeller untersucht, aber ich könnte mir gut vorstellen, dass es dort noch eine versteckte Tür mit einem geheimen Gang gibt. Da könntest du zuerst einmal nachschauen!"

Ich stöhne. „Soll ich jetzt auch zu einem Erdhörnchen werden, wie der Kanalarbeiter oder Matthias, der Höhlenforscher? Muss ich vielleicht auch in den verrußten Kamin hineinkriechen?"

„Die Beamten haben mir erzählt, dass Marisa einen sehr sauberen und gut beleuchteten Keller hinterlassen hat. Du musst also keine Geister oder Ratten befürchten! Denn wenn der Tiger wirklich wie ein Wachhund funktioniert, müssen wir neue Wege suchen."

In diesem Augenblick klopft es heftig an meine Zimmertür.

„Tut mir leid", unterbreche ich ihn. „Irgendjemand will etwas von mir, und zwar sehr dringend. Ich hoffe nicht, dass Flatter jetzt dauerhaft vorhat, ständig Eier zu legen, nach denen wir täglich suchen müssen. Sonst verlieren wir Marisas Spur noch völlig aus den Augen."

„Du kannst dich später noch einmal melden", schlägt er mir vor, und ich beende das Gespräch eilig.

Als ich die Tür öffne, sieht mir ein fremder Mann entgegen, der sich am Türrahmen festhält und mir mit lallender Stimme sein Anliegen vorträgt. „Wo ist der neue Pensionsgast? Hier ist man es gewohnt, dass sich jeder vorstellt.

In der augenblicklichen Situation der vermissten Wirtin muss sich jeder anmelden und auch wieder abmelden", behauptet er.

Ich bin nicht sicher, ob er mich überhaupt klar erkennen kann, trotzdem verrate ich ihm meinen Namen. „Ich bin Carolin und möglicherweise bist du Maximilian, der Schornsteinfeger."

Er schwankt auf mich zu. „Das hast du gut geraten. Du bist super im Raten! Dann lass uns einen trinken! Wenn sich einer vorstellt, muss immer etwas getrunken werden."

Obwohl ich fürchte, dass er bereits genug getrunken hat, folge ich ihm in den Gang und begleitete ihn durch den Flur bis zum Gemeinschaftsraum. Schwankend tastet er sich dort zu einem Sessel und lässt sich hineinfallen.

„Wie kommst du denn in dieses Räuberlager hier?" fragt er mich mit lallender Stimme.

„Das ist doch eine sehr nette Pension", antworte ich freundlich. „Und die Gegend ist bezaubernd. Man sieht sie doch sonst nur auf Postkarten."

„Aber alle Männer waren hinter Marisa her, und alle Frauen waren eifersüchtig und neidisch auf sie."

Ich zeige ihm mein Erstaunen nicht. „Alle Männer außer dir, nicht wahr?"

„Ich habe sie umgebracht", behauptet er. „Ist das nicht so? Haben dir das nicht alle schon längst auf die Nase gebunden?"

Ich bleibe ruhig. „Warum sollten die das?"

„Kennst du nicht das Sprichwort: „Es wirft nur der mit Dreck um sich, der selbst Dreck am Stecken hat?!

Jeder hier spielt den Unschuldigen, dabei gehen sie alle heimlich auf Abwegen."

Jetzt kann ich mein Erstaunen doch nicht mehr verbergen. „Welche Abwege meinst du?"

„Da musst du eben Schornsteinfeger werden", schlägt er mir vor. „Da kriechst du in die kleinsten Ritzen und in alle dunklen Schächte. Da siehst du einfach alles."

„Und was hast du alles so gesehen?" bohre ich weiter.

„Na, die mit dem dicken Kanarienvogel, die ist nicht so brav wie sie aussieht. Sie hat auch schon mal die Leute ganz schön schikaniert. Und sie hält immer zu den Frauen, weil sie mal von einem Mann sitzengelassen wurde. Seitdem ist sie immer so mies drauf. Und mir wollte sie einmal ein Hausverbot aufbrummen, weil ich einmal etwas zu viel getrunken hatte."

„Ein Hausverbot, hier?"

„Ach, Unsinn! Sie hat doch da rumgeklüngelt in meiner Familie, als Sozialarbeiterin. Die wollte mir verbieten, dass ich meine Kinder besuche. Aber bei mir war das nur ein einziger Ausrutscher. Mit dem Alkohol."

„Und dann bist du hier eingezogen?" frage ich verwundert. „Du ziehst in eine Pension, in der die Frau wohnt, die dir schaden wollte?"

Sein Lachen klingt bitter. „Ich war doch zuerst hier. Und jetzt ist sie selbst ganz unten, musste einmal sehen, wie es ist, wenn man ganz unten ist."

„Also, kannst du mir das Ganze noch einmal von Anfang an

erzählen?" bitte ich ihn und reiche ihm ein Glas Wasser.

„Na, das ist doch ganz klar. Hast du das denn nicht kapiert? Meine Ex hatte einen Freund und wollte mich aus dem Haus haben. Da hat sie sich diese Nadine vom Sozialamt geschnappt und behauptet, ich sei nicht gut zu den Kindern. Die ist dann voll darauf abgefahren. Da durfte ich dann meine Kinder eine Weile nicht sehen, bis ich mir einen Anwalt gesucht habe, der hat dann alles richtiggestellt."

„Und du meinst, diese Sozialarbeiterin war so

voreingenommen gegen dich, weil sie selbst gerade von jemandem enttäuscht worden ist?"

„Ist doch logisch! Ich kenne diesen Typen, bei dem habe ich auch schon den Schornstein gefegt. Das war so ein reicher Typ, der mit den Frauen spielt. Aber Nadine hat sich eingebildet, dass sie für ihn etwas Besonderes wäre und ist damit ganz schön auf die Nase gefallen. Dann hat sie mit einigen Eltern Stress bekommen, und ein Mann, den sie so ungerecht wie mich behandelt hat, der hat ihr sogar mal Prügel angedroht. Jetzt muss sie selbst erst wieder aus ihrem Loch kriechen."

Ich seufze. „Das hört sich aber ganz schön böse an. Meinst du, dass Nadine jetzt auf ihrer Arbeit Schwierigkeiten bekommt?"

„Kann sein, oder auch nicht! Das ist doch überall so. Ein frustrierter Polizist schlägt auch schon mal zu, und eine frustrierte Sozial-Frau lädt auch ihren Ärger an den Leuten ab, die ihren Weg kreuzen. Jeder sucht sich sein Ventil."

„Und du meinst, Nadine war neidisch auf Marisa?" versuche ich, wieder auf das wichtige Thema zu kommen.

„Natürlich, alle Frauen sind neidisch auf sie, weil sie sich nicht trauen, so verrückt zu sein, wie es unsere Wirtin ist."

Zum Glück spricht er wieder von ihr in der Gegenwartsform. Das lässt hoffen, dann hat er sie vielleicht doch nicht umgebracht. „Und die anderen, was hatten die anderen Dauer-Gäste gegen sie?"

„Der Matthias ist wütend auf sie, weil sie ihre Tante dazu gebracht hat, ihn nicht in die kleine Höhle hineinzulassen, die zu der Alm gehört."

Ich horche auf. „Zu der Alm gehört eine Höhle?"

„Ja doch! Sage ich doch! Mit ganz tollen Glitzersteinchen. Aber sie ist immer noch im Privatbesitz. Matthias wollte schon längst mal da ein bisschen herumklopfen. Aber Marisa wollte das nicht und deswegen hat sie ihrer Tante gesagt, sie soll ihm das verbieten."

„Aber jetzt ist die Tante doch verstorben, und Marisa ist verschwunden. Wie geht es denn jetzt weiter?"

„Weiß ich nicht. Im Moment ist da noch jemand oben, der aufpasst. Aber wenn mal alles geregelt ist, dann kriecht unser neugieriger Forscher bestimmt in die Höhle hinein."

In meinem Kopf beginnt es zu summen. „Und die anderen? Was hatten Jochen und Tonio an Marisa auszusetzen?"

„Der Jochen hat unsere Wirtin schon ein paarmal angebaggert, aber sie wollte nichts von ihm wissen. Der Clou ist, sie weiß etwas von ihm, was ich auch weiß. Und das hat mit einer falschen

Sprengung zu tun, die Unmengen von Geld verschlungen hat. Das geht um den kleinen Tunnel, durch den die Straße nach oben führt. Da hat Jochen die Karte falsch gelesen und alles falsch markiert. Da haben sie dann ein ganzes Stück vom Naturschutz-Gebiet weggesprengt, und er hat behauptet, sein verstorbener Vorgänger hätte es falsch eingezeichnet. Marisa hat aber die Karte gesehen, zufällig in seinem Zimmer. Bisher hat sie ihn aber noch nicht verraten. Für ihn ist es schon gut so, dass sie nicht mehr da ist."

In meinem Kopf mache ich mir Notizen. „Und Tonio? Welche Kerben hat er auf dem Kerbholz?"

„Hast du nicht etwas anderes zu trinken als Wasser?" fragt er ungeduldig.

Ich öffne ihm eine Flasche mit Apfelschorle und schiebe sie ihm hin. „Woher weißt du das alles?"

„Nach dem Skat und beim Bier werden auch Männer gesprächig, da war ich immer ein guter Zuhörer. Manch einer kam abends zu mir ins Zimmer und wollte einmal einem Schornsteinfeger die Hand geben, um das Glück anzufassen. Bei der Gelegenheit habe ich sie dann meist ausgefragt. Habe einfach gesagt: „Wozu brauchst du Glück? Du siehst doch glücklich aus." Und dann sind sie mit der Sprache rausgerückt."

„Und Tonio? Was ist mit ihm?" wiederhole ich meine Frage.

„Der ist schon immer verrückt auf die alten Bücher. Aber das streitet er immer ab und sagt: „Ich bin keiner, der etwas sammelt, außer Erfahrungen. Ich brauche meine Reisen und lebendige Kommunikation." Aber einmal am Tag findet man ihn in der

Bibliothek. Und da streichelt er dann die alten Bände, als ob er eine Frau in den Händen hätte."

„Da denkst du also an die Erbschaft?" forsche ich nach.

Er wedelt mit den Armen. „Na, was sonst?!"

„Und Anna? Was ist mit Anna?"

„Annas Mutter hat einen lockeren Lebenswandel geführt. Sie hatte eine große Firma von ihren Eltern geerbt und alles verspielt. Als sie starb, hat sie ihrer Tochter ganz viele Schulden hinterlassen. Da hat Anna ihr ganzes Leben auf

Sicherheit gebaut, ist Beamtin geworden und hat sich redlich abgemüht, bis sie dann von einigen Eltern und Kindern gemobbt wurde. Deshalb hat sie dann erst einmal alles an den Nagel gehängt und sucht jetzt ein neues Leben. Aber Marisa hat sehr viel Ähnlichkeit mit Annas Mutter. Sie ist auch eine Lebenskünstlerin, obgleich sie nicht so leichtsinnig ist. Trotzdem trifft sie immer Annas wunden Punkt."

„Und was ist mit Elli? Gibt es in ihrer Biografie auch einen dunklen Fleck?"

Er stellt die Apfelschorle energisch auf den Tisch. „Was ist das denn für ein Gesöff?! Gibt es hier nichts Anständiges zu trinken?"

„Keine Ahnung", stelle ich mich dumm. „Ich kenne mich hier noch nicht so aus. Ich werde gleich mal weitersuchen. Was ist jetzt mit Elli?"

„Die ist in Ordnung! Sie ist ein braves und fleißiges Mädchen und bremst die gute Marisa aus, wenn die über die Stränge schlagen will. Zusammen sind sie ein gutes Team."

Ich atme auf. „Da bin ich ja beruhigt. Wie gut, dass es hier noch jemanden gibt, der mit unserer Wirtin auskommen kann! Aber warum bleiben die anderen denn dann hier kleben? Es gibt doch bestimmt noch andere Pensionen. Vermutlich sogar noch viel billigere."

Er lehnt sich zurück. „Ach, das ist so im Leben. Ich als Schornsteinfeger kenne das, obwohl ich nur den Beruf genommen habe, weil es mein Vater wollte. Als einziger Sohn musste ich schließlich die Firma übernehmen. Eigentlich wollte ich studieren, Psychologie oder so etwas. Ich wollte Entdeckungen machen, forschen, Geheimnisse lüften. Mich zieht es immer wieder hoch aufs Dach, obwohl ich weiß, dass man von dort auch hinunterfallen kann. Naja, heute ist das nicht mehr ganz so schlimm, da kann man doch einiges von innen fegen. Die Gefahr zieht einen manchmal an, und auch das, was man nicht mag oder das, was man hasst. Man möchte als mutiger Mann seinen Feind besiegen. Man möchte einmal beweisen, dass man es schafft. Man lässt sich provozieren und geht auf Risiko. Schließlich will man sich doch beweisen. Und ich will meiner Frau beweisen, dass sie mit diesem anderen, diesem Hampelmann auch nicht glücklicher wird als mit mir."

„Was findet sie denn an ihm?" erkundige ich mich.

„Er hat all das, was ich nicht habe, und ich habe all das, was er nicht hat."

„Damit kann ich nicht viel anfangen", gestehe ich ihm.

„Musst du auch nicht", antwortet er kühl. „Und jetzt habe ich keine Lust mehr zum sinnlosen Reden.

Jetzt brauche ich endlich etwas Richtiges zu trinken."

Ob ich ihm das alles glauben soll?

Ich kehre in mein Zimmer zurück und melde mich per Telefon bei meinem Chef. Über meine neuen Nachrichten staunt er, genau wie ich. „Das hätte ich jetzt alles nicht vermutet. Auf den ersten Blick sah die Gemeinschaft der Bewohner doch ganz harmlos und auch friedlich aus. Aber offensichtlich haben wir es mit versteckten Emotionen zu tun, die sind wie kleine glimmende Brandherde, die sich plötzlich zu lodernden Feuern entzünden können. Glaubst du alles, was dir dieser Jochen erzählt hat, Nadine?"

„Rein theoretisch kann das stimmen", sage ich voller Zweifel. „Ein bisschen Logik liegt auch darin, aber Jochen war auch nicht nüchtern, und manche leicht alkoholisierten Typen schöpfen auch aus ihrem großen Fantasie-Reservoire. Wahrscheinlich muss ich mich noch einmal mit ihm beschäftigen, wenn er nüchtern ist."

„Das ist wohl das Beste", findet auch er. „Inzwischen werden wir von unserer Seite schon einmal alles überprüfen, soweit man das durch Internetverbindungen tun kann. Und wie gesagt, wir stecken immer noch an dem einen Punkt fest: Wie, auf welche Weise und durch welchen Ausgang hat Marisa das Haus verlassen? Nachdem wir festgestellt haben, dass auf dem Dach kein Hubschrauber landen kann", versucht er einen Witz, „bleibt nur noch ein versteckter Ausgang durch den Keller."

„Ob ich noch einmal alle Gäste wegen des Tigers frage? Sie müssten mir alle bestätigen, dass er wirklich die ganze Nacht draußen war und dort Wache geschoben hat."

„Es wäre nicht gut, wenn du damit jetzt alle Bewohner verrückt machst. Das würde Staub aufwirbeln. Sicherlich reicht es, wenn du dir das noch einmal von Elli bestätigen lässt. Sie wird doch sicher die Haustür abgeschlossen haben, so wie es sich für eine Verwalterin ziemt. Und bisher hat sie sich auch sehr ordentlich verhalten, oder?"

„Wenn ich mich auf meine Menschenkenntnis verlassen kann, ist sie eine ehrliche Haut. Dann werde ich direkt einmal nachschauen, wo sie steckt."

„Viel Erfolg!" wünscht er mir mit Nachdruck.

Kapitel 9

Nach kurzem Suchen finde ich Elli in der geräumigen Küche. Sie putzt gerade Gemüse zu. „Brauchst du etwas?" fragte sie mich, als sie mich entdeckt.

„Deine Chefin geht mir nicht aus dem Kopf", sage ich wahrheitsgemäß. „Durch welchen Eingang konnte sie verschwinden?"

„Die Haustür war abgeschlossen", erinnert sich Elli. „Es besitzen nur zwei Personen einen Schlüssel dazu, das sind Marisa und ich. Wenn die Gäste nach 12:00 Uhr in der Nacht kommen, müssen sie sich entweder telefonisch oder an der Haustür anmelden, dann öffnen wir ihnen auch noch später die Tür. Ich selbst habe in jener

Nacht die Tür verschlossen. Es ist sehr nett, dass du dir jetzt auch Gedanken darüber machst! Ich denke an nichts anderes mehr."

„Und wo hat Marisa ihren Schlüssel aufbewahrt?" erkundige ich mich.

„An ihrem Schlüsselbund, der sich in der Jackentasche ihres Sommermantels befindet. Und der hängt in ihrem Zimmer an der Garderobe."

Meine Stirnhaut zieht sich zusammen. „Kann sie denn zu einem Fenster ausgestiegen sein?"

„Theoretisch ist das möglich. Aber, der Tiger hört draußen alles und weckt mit seinem Geschrei die ganzen Bewohner, sobald sich nachts etwas im Garten regt. Er war in jener Nacht absolut ruhig, das konnten alle Gäste bisher bestätigen."

„Aber ihr habt doch an diesem Abend gefeiert. Und der eine oder andere hat möglicherweise auch ein alkoholisches Getränk zu sich genommen. Schläft man damit nicht auch so fest, dass man manche Geräusche draußen überhört?"

Elli kichert. „Es tut mir leid, dass ich jetzt lache. Aber wenn Prometheus seine Sirene anstellt, werden auch Tote wach."

Ich sehe sie skeptisch an. „Wie soll ich mir das vorstellen?"

„Hast du schon einmal gehört, welches Konzert kleine, ganz normale Kater veranstalten, wenn sie nachts miteinander draußen kämpfen?"

Ich überlege. „Ja, das habe ich mal irgendwo gehört, es ist ein ziemliches Geschrei, das gebe ich zu, aber aus dem Tiefschlaf hätte es mich nicht herausgeholt."

„Ich habe einen sehr leichten Schlaf, genau wie Anna und Nadine, deren psychische Gesundheit noch nicht wieder völlig hergestellt ist. Aber das Geschrei des Prometheus macht wirklich seinem Namen alle Ehre. Hat er nicht in Goethes Gedicht die Götter angeklagt, oder so etwas ähnliches? Diese Katze schreit wirklich so laut, dass man es bis zum Himmel hört. „Das schreit ja zum Himmel" ist eine Redeweise, und bei Prometheus trifft es absolut zu."

Ich atme tief. „Das muss sich ja gruselig anhören. Kein Wunder, dass hier nicht jeder dieses Tier besonders liebt. Warum hat Marisa diesem Tonio überhaupt erlaubt, das Tier hierhin mitzubringen?"

„Vielleicht hast du nicht all unsere Internetwerbung gelesen, die meine Chefin weltweit verbreitet hat. Sie wirbt in ihrer Anzeige damit, dass man hier mit jedem Tier Urlaub machen kann, das in ihren Garten und in die freien Gehege passt. Das ist so ein Werbeslogan von ihr, und viele Leute finden es witzig. Dadurch ist sie überall bekannt. Als Tonio dann mit dem Tiger kam, konnte sie natürlich schlecht Nein sagen."

„Das verstehe ich", gebe ich zu. „Aber wie ist Marisa dann unbemerkt aus dem Haus gekommen?"

„Ich vermute über die Seilbahn am Dachfenster", verrät sie mir.

Jetzt darf ich mich nicht verraten und muss ihr verschweigen, dass die Polizei herausgefunden hat, dass weder die Drahtseile noch der Waggon benutzt worden sind. „Wird die denn noch benutzt?" frage ich stattdessen.

„Sie ist seit Ewigkeiten nicht mehr benutzt worden, aber Marisa hat dir Schlüssel, sowohl vom

Dachfenster als auch zur Inbetriebnahme dieses Lastenaufzugs."

„Tja, dann wirst du wohl Recht haben", sage ich grübelnd. „Und im Keller? Gibt es da auch noch versteckte Ausgänge und unterirdische Wege?"

Sie hebt die Augenbrauen. „Davon ist mir nichts bekannt. Du kannst dich gern einmal selbst überzeugen. Ich bin nur selten da unten. Eigentlich nur, wenn ich etwas mit der Wäsche zu tun habe oder eine Flasche aus dem Weinkeller hole. Marisa hat da unheimlich viel alten Kram gestapelt, das ist mir zu gruselig."

„Was meinst du denn damit, gruselig? Darunter kann ich mir gar nicht vorstellen", locke ich sie zum Weiterreden.

„Berge von alten Krimis findest du in der einen Ecke, komische Kostüme für Karneval und Halloween in anderen Ecken, dazwischen lächerliche Scherzartikel, bei denen man sich gruselt oder erschrickt, wenn ein zum Beispiel ein Hut plötzlich in die Luft springt."

„Das passt zu ihr", finde ich. „Wer ein solches Testament schreibt, der hat schon einen schwarzen Humor. Darf ich mir den Keller einmal anschauen?"

Ihrem Gesichtsausdruck entnehme ich, dass sie mich ebenfalls für verrückt hält. „Wenn du dir das antun willst, bitte schön! Und wenn du schon einmal unten bist, kannst du uns eine schöne Flasche aus dem Sortiment der italienischen Weine mit heraufbringen, davon können wir dann heute Abend etwas zusammen trinken", schlägt sie vor.

„Prima, ich werde es nicht vergessen. Und dann hätte ich da noch eine andere Frage. Jochen hatte wohl etwas zu viel getrunken. Dabei hat er mir sonderbare Märchen über die anderen Dauer-Mieter erzählt. Du bist wahrscheinlich besser informiert und kannst mir über das Zusammenleben der Gäste etwas sagen. Gab es ein harmonisches Miteinander oder herrschten unterschwellige Spannungen?"

Sie lächelt. „Also wenn du mich so fragst und doch schon alles aus den übertriebenen Geschichten des angetrunkenen Maximilian weißt, dann kann ich dir auch die Wahrheit darüber verraten."

„Das finde ich toll von dir", lobe ich sie. „Dafür werde ich dir auch helfen, Marisa zu suchen."

„Das macht schon die Polizei", sagt sie, den Beamten vertrauend. „Aber deine Gesellschaft hier ist erfrischend, weil du nicht so verrückt bist wie die anderen."

„Darauf wirst du dich nicht verlassen können", warne ich sie. „Aber du hast von mir nichts zu befürchten."

Sie atmet tief. „Natürlich ist an all den Geschichten etwas Wahres dran. Anna hat sehr unter ihrer alkoholkranken Mutter gelitten, das hat ihre ganze Jugend und auch ihr Leben beeinflusst. Aber ich denke, dass sie sich mittlerweile doch ziemlich freigestrampelt hat, mit einigen Therapien. Ich glaube nicht, dass sie noch Rachegelüste in sich trägt. Nadine? Ja, ich glaube, sie versucht gerade ihr schlechtes Gewissen zu bearbeiten. Sie hat doch allerlei angerichtet mit ihrer unkompetenten Art und Weise. Sie hat die Mütter und Väter nicht immer gerecht vertreten. Ich kann gar nicht verstehen, dass es ihren Vorgesetzten nicht eher aufgefallen ist, erst als das Kind in den Brunnen gefallen ist."

Ein makabrer Spruch, finde ich, und ich überlege mir gerade, ob es auch einen Mord aus schlechtem Gewissen geben kann.

„Matthias ist natürlich ganz schön sauer auf Marisas Entscheidung", fährt Elli fort. „Aber er war auch mächtig in sie verliebt, behauptet Nadine. Sicherlich war er wütend auf sie, dass er nicht in die Höhle durfte, aber er fand sie so sexy und attraktiv, dass er sie am liebsten verschlungen hätte. Natürlich haben das die anderen nicht gemerkt, weil es immer so schien, als ob er still vor sich hin in Gedanken brütete. Nadine dagegen glaubt, all seine Gesten und seine Mimik beobachtet zu haben. Sie sagt, sie habe in ihm lesen können wie in einem Bilderbuch. Ganz am Anfang habe ich gedacht, er habe sie mit dem Waggon nach oben entführt und sie dort in der Höhle versteckt, aber die Polizei war schon dort und hat nicht die geringste Spur von ihr gefunden."

„Und was ist mit Jochen und der falschen Sprengung? Ist das ein Gerücht?"

„Nein, ist es nicht. Marisa hat mir davon erzählt, natürlich einmal unter dem Siegel der Verschwiegenheit, ich besitze auch alle Karten und Unterlagen, die mir meine Chefin anvertraut hat. Aber davon weiß Jochen natürlich nichts. Und ich werde mich hüten, ihm das unter die Nase zu reiben."

Ich sehe erstaunt an. „Hast du das denn der Polizei gesagt?"

„Natürlich nicht. Stell dir vor, Marisa kommt doch noch wieder zurück! Ich schließe ja nicht ganz aus, dass sie einfach einmal durchgedreht und in die Berge abgehauen ist. Sie würde es mir nie verzeihen, wenn ich ihr Geheimnis ausgeplaudert hätte."

Ich sehe sie überrascht an. „Du sagst es mir gerade."

„Du bist ehrlich, das spüre ich. Ich habe im Laufe der Jahre eine gute Menschenkenntnis bekommen."

Muss ich jetzt ein schlechtes Gewissen haben, dass ich ihr nicht verraten habe, wer ich bin? Ich entschließe mich, diesen Gedanken nicht weiter zu verfolgen. Denn augenblicklich arbeite ich im Auftrag meines Chefs und muss nach bestem Wissen und Gewissen meine Recherchen durchführen. Jedenfalls wird mein Chef alle Angaben nach Möglichkeit mit Diskretion behandeln.

„Aber Jochen, der redet doch auch davon", erinnere ich sie.

„Ja, er kennt das Gerücht, das überall kursiert. Aber niemand hat die Beweise dafür, außer Marisa, beziehungsweise jetzt ich. Im Übrigen glaube ich nicht an diese ganzen Motive, die sich Maximilian da zusammengereimt hat. Als

Grund für eine kriminelle Tat reicht doch schon das mysteriöse Testament, oder findest du nicht? Spekulieren nicht viele Menschen ständig auf irgendein Erbe?"

Ich überlege kurz. „Je mehr ich darüber nachdenke, desto sicherer werde ich mir, dass du absolut recht hast. Erben und ein Erbe waren doch immer schon für viele Menschen grundlegende Gedanken für Spekulationen. Und für viel weniger Geld sind oft schon Morde begangen worden. In diesem Fall haben wir dann sogar doppelte Motive. Bei wem könnte diese

Potenzierung zu einer Tat geführt haben?"

Sie seufzt. „Ich werde mich hüten, in dieser Hinsicht zu spekulieren. Wie schnell hat man da den Falschen verdächtigt. Sogar mich musste Polizei unter die Lupe nehmen, denn ich kenne Marisa von allen Anwesenden am längsten. Ich arbeite hier ständig mit ihr zusammen und weiß sehr viel über sie. Muss man da nicht auch annehmen, dass ich ihren Launen am meisten ausgesetzt bin? Könnten wir nicht sogar vielleicht ein und denselben Mann lieben, der sich hier herumschleicht?

Könnte ich nicht den Wunsch haben, auch einmal Chefin zu spielen? Da darfst du ruhig auch einmal mitspekulieren, so wie das die Polizei ihrerseits bestimmt ebenfalls tut. Hältst du mich für verdächtig?"

Ich muss nicht lange überlegen. „Nein, du kommst mir nicht vor wie die stillen Wasser, die tief sind und in denen Vulkane brodeln. Ich habe das Gefühl, dass dir die Arbeit mit den Menschen Spaß macht und dass du das gerne tust, was du hier leistest. Die Gäste mögen dich und reden positiv über dich. So viel Gutes kann doch heutzutage kaum ein Mensch über seine Arbeit sagen. Warum solltest du da nicht relativ zufrieden sein?! Ich finde dich sympathisch und glaube fest, dass ich mich nicht irre", füge ich schmunzelnd hinzu.

„Ach, das ist aber einmal eine Liebeserklärung!" ertönt Tonios Stimme. „Und es stimmt, wir alle sind hier sehr froh, dass die Pension nicht geschlossen werden muss, solange Marisas Schicksal noch im Ungewissen bleibt."

Wie lange hat er uns wohl schon zugehört? Ich sehe ihn misstrauisch an. „Hoffentlich stehst du schon lange genug hinter uns! Der Lauscher an der Wand hört seine eigene Schand, und wir sind schon tüchtig über dich hergezogen", teile ich ihm grinsend mit.

„Davon habe ich nichts mitbekommen", behauptet er, „und ich wollte auch nur fragen, ob ich etwas helfen kann."

„Du kannst gern mit Carolin in den Keller gehen", schlägt ihm Elli vor. „Dann hat sie jemanden, der sie auffängt, wenn sie sich allzu arg erschrickt."

„Ich wollte zwar gerade mit meinem lieben Prometheus zum

Schlittschuhlaufen gehen, aber wenn ich hier nötiger gebraucht werde, stehe ich vor Ort selbstverständlich erst einmal als Kellerführer zur Verfügung." Er bietet mir seinen Arm an. „Ist es so recht?"

Mein finsterer Blick zeigt ihm, dass ich ihn nicht ernst nehme. „Du kannst mitkommen, aber laufen kann ich schon allein."

Kapitel 10

„Wolltest du wirklich mit deinem Tiger zum Schlittschuhlaufen?" erkundige ich mich bei Tonio, als wir den Keller durchqueren.

„Prometheus fährt liebend gern Schlittschuh", behauptet er. „In der Stadt ist eine Sommer-Schlittschuhbahn, dort ist er die Attraktion und beim Inhaber sehr beliebt, denn er zieht Zuschauer an wie ein Kassenmagnet."

„Das kann ich mir vorstellen. Das ist auch eine Besonderheit", gebe ich zu und sehe hinter dem Krimi-Bücher-Stapel nach, ob ich eine versteckte Tür entdecke. „Wer hat ihm das beigebracht, dem Tiger? Du etwa?"

Er grinst. „Nein. Ich möchte mich nicht mit fremden Lorbeeren schmücken, das war mein Freund, der Prometheus in diese Kunst einführte. Was suchst du eigentlich hier außer dem Wein, den ihr heute Abend trinken wollt."

Ich stoße einen Karton mit Halloween-Artikeln um, und ein Plastikgerippe fällt heraus. Klappernd landet es auf dem Kellerboden und scheint uns anzustarren. „Du hast also doch gelauscht. Hast du dafür einen besonderen Grund?"

„Es war nicht meine Absicht, aber ihr wart so in das Gespräch vertieft, dass ich euch nicht stören wollte. Also, heraus mit der Sprache! Du suchst hier Marisa oder einen versteckten Ausgang?"

„Wir könnten alle viel besser nach der Wirtin suchen, wenn wir uns zusammentun", schlage ich ihm vor. „Wenn das jeder allein tut, kann man sich gegenseitig eher noch im Weg sein."

„Grundsätzlich ist das eine gute Idee", gibt er zu. „Aber das haben wir bereits getan, sofort, nachdem sie verschwunden war. Es hat sich aber herausgestellt, dass man auf diese Art und Weise auch nicht schneller oder besser vorankommt, wenn man mit mehreren Personen einen Raum durchsucht."

„Dann sollte man aber wenigstens gemeinsam beratschlagen", finde ich und schaue hinter einem Weinregal nach. „Habt ihr dahinter schon nachgesehen?"

„Ich glaube, die Polizei hat da schon nachgeschaut", behauptet er. „Möchtest du genauer forschen? Sollen wir die Flaschen alle ausräumen? Dann lässt sich das Regal besser entfernen."

„Aber sicher", stimme ich ihm zu. „Ich möchte mich selbst überzeugen, dass nichts übersehen wurde."

Er lacht. „Du bist sehr hartnäckig und scheust keine Mühe. Dann werden wir uns einmal an die Arbeit machen. Weißt du auch, dass verschiedene Leute im Ort in der Nacht etwas beobachtet haben wollen?"

„Nein, das weiß ich nicht", gebe ich zu. „Aber nachdem du heimlich unsere Gespräche gehört hast, kannst du mir ruhig auch ein paar Geheimnisse preisgeben!"

„Also gut. Du wirst zwar nichts damit anfangen können, aber so ein Dorftratsch ist doch ganz amüsant. Der alte Herr von Dinkel, der kaum noch etwas sehen kann, spricht von einem riesigen Lkw, der mit bunten Lichtern durch den Ort fuhr. Er glaubt, darin einen Mann mit einem Western-Hut gesehen zu haben und erzählt allen Leuten, die es wissen wollen oder nicht, dass Marisa in den wilden Westen ausgewandert ist."

Ich staune. „Tatsächlich? Was ist das für eine Geschichte?"

„Oh, die Geschichte hat er auch dazu geliefert. Der Cowboy von Übersee ist ihr Verehrer, er soll einmal hier ihr Gast gewesen sein und hat sie jetzt zu sich in die vereinigten Staaten geholt. Da hat er eine ganz große Liebesgeschichte erfunden."

„Erfunden? Vielleicht ist sie doch wahr." Flasche für Flasche räumen wir aus dem Regal und legen sie in eine leere Kiste.

„Dann hör dir mal die anderen Geschichten an! Du kannst dir eine auswählen!" antwortet er schmunzelnd. „Die nächste Geschichte, die die Gastwirtin in der Kneipe ihren Gästen zum Besten gibt, ist genauso romantisch. Natürlich geht es auch immer um einen Gast, wer sollte sich auch sonst in die viel beschäftigte Frau verliebt haben?! Er ist zwar nicht aus Übersee, aber darin ist Marisa natürlich auch nachts heimlich ausgezogen, weil sie keinen offenen Abschied nehmen wollte. Er soll nicht so weit weg wohnen, der andere imaginäre Liebhaber. Helene, die Gastwirtin, hat auch eine hübsche Fantasie. Sie will wissen, dass Marisa die Pension mit allem Drum und Dran heimlich verkauft hat und sich nun mit dem Geld und dem heimlichen Geliebten eine neue Zukunft aufbauen wird, ganz ohne Arbeit, ganz ohne Gäste." Was hältst du davon?"

„Sehr hübsch! Und woher will sie das wissen? Da reicht ein nächtlicher Lkw nicht aus, um eine solche Geschichte entstehen zu lassen. Gibt es denn einen Kaufvertrag?" Die Flaschen werden immer schwerer, aber zum Glück leert sich das Regal langsam.

„Dieser Lover soll einmal bei Helene in der Wirtschaft gewesen sein und ihr von seinem und ihrem Vorhaben berichtet haben. Unter dem Siegel der Verschwiegenheit."

Jetzt kann ich mir ein Lachen nicht mehr verbeißen. „Unter dem Siegel der Verschwiegenheit?! Warum sollte Marisas Liebhaber etwas verraten, was Marisa selbst verschweigen möchte. Wenn ein solches Plappern normal ist, kann es mit der Liebe auch nicht so arg sein. Aber wie sieht es jetzt mit einem Kauf-Vertrag aus? Existiert so etwas?"

„Davon wissen wir nichts", erzählt Tonio. „Und um so etwas herauszufinden, muss man sich sicher gedulden. Spätestens, wenn sich ein neuer Besitzer in der Pension bekannt macht, sieht man, ob diese Geschichte der Wahrheit entspricht."

Das Regal ist leer. „Glaubst du etwa daran?"

„Das ist doch noch nicht alles, was man munkelt. Eine ältere Frau behauptet, dass Marisa eine schwere Krankheit hat, die sie jetzt irgendwo in einem unbekannten Krankenhaus behandeln lässt."

„Und wie kommt sie an diese Geschichte?"

„Sie sagt, sie habe Marisa in der letzten Zeit ein paar Mal getroffen, beim Einkaufen. Da habe sie nicht nur sehr schlecht ausgesehen, sondern auch über verschiedene Gesundheitsprobleme geklagt."

Ich seufze. „Man kann es nicht bestreiten, aber nach dem, was ich gehört habe, kann ich es auch nicht bestätigen. Es scheint mir sehr unwahrscheinlich, dass sie so krank war. Hat sie am letzten Tag nicht noch ein ausschweifendes Fest gefeiert?"

„Das spricht nicht gegen eine schlimme, nicht einmal gegen eine unheilbare Krankheit. Manche Menschen, die aus diesem Leben gehen müssen, wolle noch einmal sehr glücklich, sehr vergnügt sein, sofern es ihnen ihre körperliche Verfassung erlaubt. Ein großes Fest zum Abschied? Was spricht dagegen?"

Ich denke nach. „Genau genommen würde das sogar zu diesem verrückten Testament passen. Aber warum wusste Elli nichts von dieser Krankheit?"

„Die beiden waren wie Freundinnen. Möglicherweise wollte Marisa die nette Frau nicht mit ihrem Kummer belasten."

Gemeinsam stellen wir das Regal beiseite, aber die Wand dahinter ist glatt und unversehrt.

Enttäuscht setze ich mich auf einen alten Stuhl, der ein bisschen wackelt. „Gibt es noch mehr solcher Geschichten?"

Er sieht mich mit großen Augen an. „Natürlich, in diesem Ort wohnen viele Menschen, genug, um unterschiedliche Geschichten hervorzubringen. Da ist noch die von dem kleinen Tim, einem zwölfjährigen Jungen, der schrecklich gern Kriminalromane liest und sich früher bei Marisa häufig Bücher und Heftchen ausgeliehen hat."

„Und was weiß dieses Kind?" frage ich erwartungsvoll.

Tonino setzt sich auf eine Bücherkiste. „Tim glaubt, dass Marisa im Gefängnis ist. Sie hat irgendetwas verbrochen und sich beschämt davongeschlichen, und jetzt soll niemand wissen, wo sie ist, damit keiner über sie lästern kann."

„Kann ich mir gar nicht vorstellen. Dann hätte sie vorgeben können, sie fahre in Urlaub oder zu einer Verwandten nach Australien, die sich ein Bein gebrochen habe, und der sie jetzt helfen müsse. So einfach dann ohne Nachricht ins Gefängnis gehen? Nein, das ergibt für mich keinen Sinn."

Er lacht. „Aber die anderen Geschichten ergeben schon Sinn, nicht wahr? Wie wäre es denn mit der Story, die von einer jungen Frau stammt: Marisa soll einen heimlichen, viel jüngeren, verheirateten Liebhaber gehabt haben, den sie nachts heimlich besuchte. Doch in jener Nacht, als Marisa verschwand, wurde sie nicht von ihrem Geliebten, sondern von dessen Frau empfangen und aus Eifersucht umgebracht."

„Und was ist mit dem Geliebten passiert?" will ich wissen.

„Den hat die Ehefrau schon vorher ins Jenseits befördert. Und beide ruhen nun im Tod vereint in einem einsamen Gartenhäuschen."

Ich seufze. „Das klingt beunruhigend. Vermutlich hat die Erfinderin dieser Geschichte auch in Marisas Kriminal-Literatur geschmökert."

„Es kommt noch besser", weiß Tonio, „Bernhard, der Metzger, behauptet, Marisa sei von einer Sekte verschleppt worden. Da seien dann in der Nacht gleich mehrere Personen zur Pension kommen und hätten unsere Wirtin entführt."

Ich sehe ihn ungläubig an. „Und wie soll das geschehen sein? Können die vielleicht zaubern?"

Er kneift die Augen zusammen und schmunzelt. „Nun, zaubern nicht. Aber der Meister der Filets behauptet, manche seien so raffiniert wie die Mafia. Die hätten vom großen Baum aus eine Leiter quer zum Dachgiebel gelegt. Anschließend hätten die klettergeübten Männer dann über Marisas Zimmer ein paar Dachpfannen abgehoben und seien so ins Haus und auch wieder hinausgekommen."

Ich hebe die Augenbrauen. „Akkurat ausgeklügelt. Der Fleischklopfer muss ja ein Schwein wirklich systematisch zerlegen können", bemerke ich verwundert. „Womit füllt er seine Rouladen? Mit Speck und Fantasie? Und was gibt es bei ihm in der Weihnachtsgans? Wahrscheinlich einen überraschenden Obstsalat mit Feigen und Maronen. Ist das jetzt alles? Oder haben noch mehr Bewohner dieses Ortes eine so blühende Fantasie?"

„Eine Schülerin glaubt, dass Marisa von Außerirdischen entführt wurde, die haben natürlich ihre eigenen Tricks, Menschen von der Erde zu entfernen", erzählt er immer noch schmunzelnd. „Ganz interessant finde ich auch die

Theorie der Buchhändlerin Therese."

„Ich bin ganz Ohr", behaupte ich und seufze.

„Sie liebt es gruselig und liest gern Horrorgeschichten. Sie spricht von einem Gift, das einen Menschen in Luft auflöst, ohne Rückstände zu hinterlassen. Das habe dann einer von den Gästen benutzt, um an das Erbe zu gelangen."

„Damit wäre natürlich das Problem der geschlossenen Türen und Fenster gelöst", sage ich anerkennend. „Aber die Gute hat nicht an alles gedacht. Solange

Marisa nicht von irgendjemandem für tot erklärt worden ist, gibt es auch keine Erbschaft. Da es aber wiederum keine Verwandten gibt, ist wohl nicht mit einem schnellen Fortgang der Angelegenheit zu rechnen."

„Es gibt eben nicht den perfekten Mord", findet er. „Möchtest du noch mehr Geschichten hören?"

„Eigentlich möchte ich lieber hier den Ausgang finden, den, den ich hinter irgendeiner Wand vermute. Schau dir doch einmal diesen großen Schrank an! Können wir den nicht auch noch beiseiteschieben?"

„Du bist sehr hartnäckig", findet er. „Na schön, dann hilf mir erst einmal beim Ausräumen!"

Nachdem wir die Weinflaschen wieder in das Wand-Regal gelegt haben, beginnen wir, so systematisch wie möglich, den großen, alten Wandschrank auszuräumen.

Dabei erzählt mir Tonio von weiteren Bewohnern des Ortes, die sich Gründe für Marisas Verschwinden ausgedacht haben. „Die Lehrerin Sabine vermutet, dass ihr die ganze Arbeit in der Pension zu viel wurde und dass sie mit einem großen Teil ihres Vermögens ins europäische Ausland zu einer Freundin gezogen sei. Irgendwann einmal habe sie ihr von einer Claudette berichtet, die in Paris sehr glücklich sei und das Leben ohne Arbeit verbringe. Sie meint, dass wir aus Paris bestimmt noch von Marisa hören werden, wenn über den ersten Schock einmal Gras gewachsen ist."

„Das ist unwahrscheinlich", finde ich. „Wenn sie so eine ehrliche und fröhliche Haut war, die gute Wirtin, dann hätte sie auch vernünftig Abschied genommen und von ihren Plänen gesprochen."

„Trotz ihrer vielen Verehrer?" gibt er mir zu bedenken. „Hätte man sie einfach so ziehen lassen?"

„Ich weiß es nicht", gebe ich zu.

„Die Zwillinge vom Ponyhof sind fest davon überzeugt, dass ihr Verschwinden mit einer neuen Partnerschaft zusammenhängt. Marisa habe sich unsterblich in eine große Liebe verliebt und Nägel mit Köpfen gemacht. Und dies nicht, um anderen Menschen den Abschied zu erleichtern, sondern um sich selbst den Abschied nicht zu schwer zu machen."

„Das klingt schon plausibler", finde ich. „Obwohl ich sie unterm Strich doch als mutige Frau empfinde, die keine Anzeichen von Schwäche oder Feigheit zeigt."

Tonio lacht. „Schade, dass sie das jetzt nicht hören kann! Ein Anwalt könnte nicht besser für sie reden. Hannelore, die Bäckersfrau glaubt, dass Marisa ein Kind bekommt und erst wieder kommt, wenn die Schwangerschaft beendet ist."

„Warum sollte sie ein solches Ereignis verschweigen? Mit Hilfe von Elli könnte der kleine Erdenbürger doch auch hier groß werden. Heutzutage ist es keine Blamage mehr, ein vaterloses Kind zu bekommen. Im Gegenteil, es gibt viele Frauen, denen ein Kind ohne Vater wesentlich lieber ist."

„Barbara, die Postfrau glaubt, einer der männlichen Gäste habe sie bedrängt und möglicherweise auch vergewaltigt, deswegen sei sie erst einmal im Schock geflohen. Dabei hofft Barbara sehr, dass Marisa bald gefunden wird."

„Wie schrecklich!" finde ich. „Hat man denn in allen Krankenhäusern, in allen Kliniken schon nachgefragt?"

„Es wird auch dort überall gesucht", behauptet er. „Denn auch Hannelores Mann hat eine ähnlich gruselige Vorstellung."

„Du wirst mich sicher nicht davor verschonen", rate ich, und liege damit richtig.

„Er glaubt, sie habe eine plötzliche Demenz erlitten oder ihren Verstand verloren, aber auch er hofft, dass dies nur eine vorübergehende Erkrankung sei."

„Ist das auch alles wahr, was du mir erzählst? Oder bist du nur ein guter Geschichtenerzähler, weil du ständig irgendwelche Stories in den

Zeitungen veröffentlichst? Das ist ein bisschen viel, und es fällt mir schwer, das alles zu glauben. Ist das denn jetzt alles?"

„Im Großen und Ganzen ja. Einige sind felsenfest davon überzeugt, dass Marisa noch lebt, und nur durch ein besonderes Ereignis aus ihrem Leben gerissen wurde. Genau diejenigen glauben auch, dass man wieder von ihr hört, und dass sie über kurz oder lang wiederkommt. Die andere Gruppe, das sind wohl die Pessimisten oder die Ängstlichen, die denken, dass Marisa etwas Schlimmes passiert ist, und einige von ihnen sind sogar davon überzeugt, dass man nie herausfinden wird, was wirklich passiert ist."

Inzwischen haben wir den Schrank leergeräumt und versuchen, ihn beiseite zu rücken, aber wir haben keinen Erfolg. Er bewegt sich keinen Millimeter von der Stelle.

„Es hilft nichts, wir müssen Verstärkung holen", schlage ich ihm vor. „Soll ich hier warten, bis du mit einer geeigneten Hilfe wiederkommst?"

Er schüttelt den Kopf. „Nein, das ist mir zu gefährlich für dich. Wenn Marisa tatsächlich hinter diesem

Schrank verschwunden ist, der sich vielleicht durch irgendeinen Knopf zur Seite bewegen lässt, dann lasse ich dich hier nicht allein. Ich kann ja warten, bis du mit einer Hilfe wiederkommst."

Jetzt schüttele ich energisch den Kopf. „Oh nein! Ich habe zwar keine Angst um dich, aber du könntest ja inzwischen irgendetwas tun, wovon ich nichts mitbekomme."

„Dann traust du mir also nicht?" fragt er verwundert.

„Auch wenn ich dich nicht für einen Kriminellen halte, so weiß ich doch, dass alle Bewohner des Hauses ein ausreichendes Motiv haben, das Verschwinden der Pensionswirtin für ihre Zwecke auszunutzen. Du zum Beispiel könntest eine ganz tolle Geschichte darüber schreiben, und jede Zeitung würde sie dir mit Kusshand abkaufen."

Er sieht mich mit einem unverschämt grinsenden Gesichtsausdruck an. „Mit einer Kusshand wäre ich nicht zufrieden. Ein schönes Sümmchen Geld müsste auch dabei herausspringen."

Gemeinsam verlassen wir den Kellerraum, und ich spüre, dass mir der Kopf raucht. Alle Geschichten, die er mir da aufgetischt hat, spazieren lebendig in meinem Kopf herum. Jetzt brauche ich erst einmal eine Tasse heiße Schokolade.

Kapitel 11

In der Küche treffen wir auf einen jüngeren Mann, den ich bis jetzt noch nicht gesehen habe. Er sitzt am Küchentisch und löffelt eine Suppe, während ihm Elli gerade das Rezept verrät.

Als er uns hereinkommen sieht, steht er auf, geht auf mich zu und begrüßt mich.

„Ich staune, dass sich jemand momentan in diese Pension wagt", sagt er und sieht mich ernst an. „In der großen Gerüchteküche gibt es hier nichts, was man sich hier nicht vorstellen kann. Ich bin übrigens Matthias."

„Nett von dir, dass du dir Gedanken machst! Zum Glück mache ich mir gar nichts aus Gerüchten. Wenn es irgend möglich ist, informiere ich mich selbst."

Elli wendet sich an mich. „Magst du auch eine heiße Gemüsesuppe? Du bist doch bestimmt halb erfroren."

„Es war überhaupt nicht kalt dort unten, aber das liegt wohl auch daran, dass wir uns tüchtig bewegt haben."

„Vielleicht hast du eine Suppe für mich?" wendet sich Tonio an die Verwalterin.

„Für dich ist auch noch genug da", sagt sie freundlich und befüllt eine kleine Suppenschüssel. „Ich nehme an, ihr habt da unten einige Kalorien verbraucht."

Matthias legt den Löffel beiseite. „Habt ihr dort geschafft? Ich hätte euch doch helfen können. Um was ging es denn?"

„Immer noch um Marisa", teilt ihm der Journalist mit. „Bis jetzt ist es ja immer noch ein Rätsel geblieben, wie sich Marisa aus dem Haus bewegen konnte, ohne entdeckt zu werden. Elli und Carolin vermuten einen geheimen Ausgang, der uns bis jetzt noch verborgen geblieben ist."

„Das ist eine gute Idee", findet der junge Höhlenforscher. „Ich hätte schon längst darauf kommen müssen. Natürlich werde ich euch helfen, gerade, was Mauern und Wände anbelangt, habe ich einige Erfahrung. Habt ihr euch auch schon einmal die Kanalschächte angesehen?"

Tonio sieht ihn erstaunt an. „Können die denn so groß sein, dass Menschen darin verschwinden?"

„Unter Umständen ja, obwohl solche Schächte eher gebaut werden, wenn Häuser in der Nähe eines Sees oder des Meeres stehen, da habe ich schon gangartige Schächte entdeckt, in denen Menschen aufrecht stehen konnten."

Elli reicht mir den Kakao und Tonio einen Suppenlöffel. „Ich habe noch nie einen Schacht in den Kellern gesehen. Die müssen dort auch gut verborgen sein."

„Der Architekt dieses Hauses hat Großartiges geleistet", findet Tonio. „Er hat wirklich an alles gedacht, besonders an den Komfort und eine wohnliche Atmosphäre, die sich bis in die Kellerräume hineinzieht."

„Nur leider ist es im Moment hier gar nicht wohnlich", bemerkt Elli betrübt. „Und wenn noch mehr so widerliche Artikel in der Zeitung stehen, werden wir hier auf Dauer keine Gäste mehr bekommen. Eventuell nur noch die, die neugierig sind oder ein Abenteuer erleben wollen."

„Hast du eine von diesen Zeitungen hier?" wendet sich der Journalist an die Haushälterin.

„Ich habe sie alle drüben in den Mülleimer geworfen", bekennt Elli.

„Ich konnte das Geschmiere nicht mehr ertragen."

„Das muss ich mir sofort ansehen", bemerkt Tonio verärgert. „Ich kann diese Kollegen nicht verstehen, und ich werde auf jeden Fall mit ihnen reden. An den Namenskürzeln kann ich erkennen, wer die Artikel geschrieben hat. Und wenn es zu arg ist, kann man sie auch belangen."

Er steht auf, holt sich die Zeitungen aus dem Mülleimer und setzt sich mit ihnen in eine Ecke.

Elli nimmt sich einen Kaffee, setzt sich zu ihm und zeigt ihm die entsprechenden Seiten in den Veröffentlichungen der Presse.

Matthias sieht mir zu, wie ich meinen Kakao immer wieder umrühre.

„Dich hat das Ganze bestimmt jetzt auch sehr mitgenommen", vermutet er. „Vielleicht solltest du jetzt etwas spazieren gehen. Die frische Luft und die herrliche Landschaft tun Wunder."

„Oh ja, ich weiß. Die Natur bringt die beste Entspannung. Aber ich werde mich erst entspannen können, wenn ich weiß, ob es im Keller einen Ausgang gibt."

„Danach hatte die Polizei auch schon gesucht", berichtet er mir. „Aber momentan konzentrieren sie sich mehr auf die Suche nach Marisa. Jeder Tag ist wohl wichtig, denn wenn sie noch lebt, ist es wichtig, dass sie so bald wie möglich gefunden wird."

„Aber wir wissen nicht, was mit ihr passiert ist", wende ich ein. „Und wenn man herausfindet, wie sie aus dem Haus gekommen ist, kann das möglicherweise wieder Aufschlüsse geben, mit denen man sie und den Täter finden kann."

Er sieht mich erstaunt an „Du glaubst an einen Täter? Dann hast du sicher auch all diese Gruselgeschichten gehört, die man mir andichtet."

„Einige schon", gebe ich zu.

„Dann hat man dir auch erzählt, dass ich auf Marisa wütend sei, weil sie mich nicht in die Höhle hineingelassen hatte, stimmt es? Wahrscheinlich hat man dir auch gesagt, ich sei ein gieriger Gesteinssucher, der unsere Wirtin bedrängt hat."

„Ganz so krass hat man es mir nicht dargestellt", verrate ich ihm. „Aber vom Sinn her war es doch so ähnlich."

„Das habe ich mir gedacht. Gerüchte blähen sich auf wie Bauschaum", meint er. „Aber hier liegt der Fall ganz anders."

„Das liegt wohl daran, dass hier im Haus momentan besondere Dauergäste wohnen. Ich habe bis jetzt noch keinen Gasthof kennengelernt, in dem ein Tiger und eine Ente unter einem Dach lebten."

Er lächelt und sein Gesicht wirkt jetzt sehr attraktiv und sympathisch. Ist das wirklich der brummige Matthias, den alle als so unfreundlich beschrieben haben?

„Dein Kakao ist jetzt bestimmt fertig", erinnert er mich. „Und die Sache mit der Höhle ist ganz anders. Sie hat zwar sehr schöne Gesteine, aber mein Freund, der vor einiger Zeit einmal einen Blick hineinwerfen durfte, hat mir mitgeteilt, dass dort für die Sicherheit etwas getan werden muss, und zwar, damit sie nicht zusammenbricht. Das wollte ich schon lange untersuchen."

Ich sehe ihn skeptisch an. „Warum hat sich Marisa dagegen geweigert? Sicherheit geht doch vor."

„Das habe ich ihr auch gesagt. Aber irgendjemand hatte ihr den Floh ins Ohr gesetzt, dass ich nur an den Steinen interessiert sei, und so schenkte sie mir keinen Glauben."

„Weißt du denn, wer dich bei ihr so angeschwärzt hat? Kennst du denn den Menschen, der dieses Gerücht über dich verbreitet hat?"

„Ich kann es mir schon denken. Jochen hatte uns alle einmal zum Geburtstag in die Wirtschaft eingeladen. Es war eine

Männerrunde, bei der Tonio, ein paar Männer aus der Kneipe und ich an einem großen Tisch saßen. Irgendjemand brachte das Thema auf die Höhle, und ich teilte den anderen mit, dass ich es für sehr wichtig halte, einmal dort wegen der Gefahren zu schauen. Helene, die Gastwirtin hat es wohl mitbekommen und sie war immer schon ein bisschen neidisch auf Marisa, weil die Leute lieber hierherkamen als in den langweiligen Zimmern der Gastwirtschaft zu übernachten. Helene war vor kurzer Zeit bei Marisa und hat ihr Blumen zum

Geburtstag gebracht, dabei hat sie dann auch ein paar Worte mit ihr gewechselt. Ich kann mir vorstellen, dass sie diese Gelegenheit benutzt hat, Marisa vor mir zu warnen, denn seitdem benahm sich unsere Gastgeberin mir gegenüber abweisend."

„Das ist sehr schade", finde ich. „Mir ist nämlich zu Ohren gekommen, dass die Gastwirtin das Gerücht verbreitet, Marisa habe die Pension heimlich verkauft, um mit einem Geliebten sorglos leben zu können. Angeblich habe sie keine Lust mehr, Gäste zu bedienen."

„Das kann ich gar nicht glauben", teilt mir Matthias empört mit. „Marisa hat es immer geliebt, sich um die Gäste zu kümmern. Wenn jemand zufrieden war, zeigte sie sich sehr glücklich. Ich bin davon überzeugt, dass sie diese Pension hier nie freiwillig verlassen hätte. Es muss schon ein triftiger Grund für ihr Verschwinden vorliegen."

„Man hat sie ja auch schon in der Höhle gesucht", berichte ich ihm. Könnte sie nicht auf der Alm sein, weil sie die in Zukunft auch noch zusätzlich bewirtschaften muss? Möglicherweise kümmert sie sich um einen neuen Pächter?"

Er überlegt kurz. „Dort hat die Polizei auch schon alles abgesucht. Und außerdem, warum hätte sie nicht darüber sprechen sollen? Dieses Verschwinden in der Nacht ist es, was uns alle beunruhigt."

„Und du bist auch sicher, dass sie nicht einfach so zur Haustür hinausspaziert ist?" hake ich nach.

„Das wäre nicht möglich gewesen, ohne dass wir es bemerkt hätten. Prometheus benimmt sich im Allgemeinen sehr manierlich, aber in der Nacht spielt er den Wachhund, besser die Wach- und

Wildkatze. Sein Geheul ersetzt jede Sirene und ist weithin hörbar."

„Habt ihr einmal überlegt, wer eigentlich von Marisas Tod profitieren könnte?" frage ich direkt.

„Natürlich, das sind alle Bewohner dieses Hauses, denn sie profitieren durch diese Erbschaft. Und damit stehen wir alle in Verdacht."

Ich bin noch nicht zufrieden. „Aber was hältst du jetzt von dieser Helene? Wenn sie gegen dich bei Marisa intrigiert hat, aber gleichzeitig neidisch auf sie war, kann man doch annehmen, dass ihr

Marisa im Weg war. Indem sie dich von der Höhle ferngehalten hat, nahm sie es in Kauf, dass sich Marisa dort in Gefahr befand. Denn du hast mir doch erklärt, dass diese Höhle von Einsturzgefahr bedroht ist."

„Richtig, an Helene als Täterin haben wir alle bis jetzt noch nicht gedacht. Sollen wir die Polizei informieren?"

„Das ist noch nicht nötig", versichere ich ihm. „Wenn es so weit ist, kann ich das gern tun."

Er sieht mich aufmerksam an. „Ich glaube, du bist eine Detektivin, nicht wahr? Irgendwie steckst du mit der Polizei zusammen."

„Das tut doch jeder", rede ich mich heraus. „Die Polizei, dein Freund und Helfer."

Er lächelt. „Es ist ja auch egal. Wahrscheinlich darfst du mir das gar nicht verraten, und ich werde auch nicht weiter drängen. Sollen wir denn einmal gemeinsam diese Helene besuchen? Vielleicht erfahren wir mehr."

„Danke für dein Angebot! Ich glaube nicht, dass sie viel erzählt, wenn du dabei bist. Offensichtlich hat sie etwas gegen dich. Warum eigentlich?"

„In der Wirtschaft ist sie es gewohnt, dass viele männliche Wesen mit ihr Witze machen, sie necken oder sogar ein bisschen betatschen. Ich bin nicht der Typ dafür und habe auch kein Interesse an ihr. Deswegen bin ich bei allen als Brummbär verschrien. Aber damit kann ich gut leben. Momentan arbeite ich gerade an ein paar Expertisen über die Höhlen, die ich zuletzt besucht habe, es ist eine Auftragsarbeit, für die ich viel Zeit und Ruhe brauche. Deswegen bin ich hier."

„Das war eine gute Kurz-Biografie“, scherze ich. „Dann will ich dich auch nicht weiter stören. Außerdem muss ich unbedingt jetzt mit Elli und Tonio in den Keller zurück.“

„Dabei lasse ich euch nicht allein“, beschließt er. „Du weißt doch, Höhlen sind meine Spezialität.“

Kapitel 12

Das sind ja erstaunliche Nachrichten", bemerkt mein Chef, als ich ihm von meinen letzten Unternehmungen berichte. „Und dann habt ihr alle zusammen den Schrank weggerückt?"

„Zu fünft haben wir es im Keller mit viel Mühe geschafft", wiederhole ich. „Aber dahinter gab es nur eine glattverputzte Wand, die sowohl von Jochen als auch von Tonio als alt eingestuft worden ist. Kein Krümel frischer Putz, betonten alle beide, und das als Fachleute."

„Dann müssen wir doch das Dach ins Auge fassen", überlegt er. „Soviel ich weiß, befindet sich Marisas Zimmer auf der Rückseite des Hauses. Wie weit ist es von dort oben bis zum nächsten Baum außerhalb des Grundstücks."

„Mit einer langen Leiter könnte man eine Verbindung schaffen. Aber kann man ein Dach wirklich so leise abdecken und dann problemlos durch die Isolierung in ein Zimmer eindringen?"

„Das kommt ganz darauf an. Auf die Beschaffenheit der Decke und auch die Arbeitsgeräte. Ich kann mich nur noch erinnern, dass die Decke ihres Zimmers mit Platten ausgestattet war, die man einzeln entnehmen könnte. Aber frag mich nicht, was darunter war. So weit haben wir alles noch nicht untersucht. Bisher hofften wir immer noch auf einen relativ normalen Ausgang."

Da fällt mir etwas ein. „Ich habe noch eine Idee."

„Ich bin für jede Idee dankbar!" muntert er mich auf.

„Wie wäre es denn, wenn sich der Täter mit einer langen Teleskop-Stange von draußen, außerhalb des

Gartens, an den Tigerkäfig heran gemacht hat und diesem wachsamen Tier ein kurzfristig betäubendes Mittel in einem leckeren Stück Fleisch serviert hat?"

„Das hört sich schon gut an. Und wie ging es dann weiter?"

„Danach ist der Täter mit einem Schlüssel ins Haus gekommen. Und bevor du mich jetzt fragst, woher er einen Schlüssel hat, gebe ich dir auch dafür die Antwort. Jemand hat sich einen Abdruck gemacht, als er Marisa besuchte."

„Erzähl ruhig weiter", fordert er mich auf. „Er ist also nachts mit einem nachgemachten Schlüssel ins Haus gekommen. Was hat er dann getan?"

„Dann hat er Marisas Zimmer im oberen Stockwerk aufgesucht. Er wurde nicht gehört, weil alle schliefen und Flatter keine Wach-ente ist und kein Geschrei macht, wenn sie etwas hört."

„Interessant. Und weiter?"

„Unser gesuchter Täter ist in Marisas Zimmer eingedrungen, hat sie ebenfalls betäubt und sie über die Schulter gelegt. Mit diesem

Gepäck hat er seinen Rückweg angetreten und das Haus, sowie den Garten verlassen. Nach kurzer Zeit wachte unser guter Tiger wieder auf und hat an einen bösen Traum geglaubt. Da er jedoch wegen des Stücks Fleischs gesättigt war, hat er sich mit der Situation zufriedengegeben. "

„Das klingt sehr plausibel", findet mein Chef. „Trotzdem werde ich einmal zwei Beamte von der KTU vorbei schicken, damit sie die Deckenkonstruktion in Marisas Zimmer einmal überprüfen. Vielleicht hat man diese Öffnung früher für Schmuggelware benutzt, wer weiß, wie alt dieser Lastenaufzug schon ist. Von dort kann man sicher auch über den Dachfirst zu Marisas Zimmer und möglicherweise auch ihrem Fenster gelangen. Wer weiß wofür man diese Konstruktion in den früheren Jahren benutzt hat, bevor das Hotel renoviert worden ist. Und über die Alpenpässe sind schon immer viele Kaufleute, aber auch Schmuggler gezogen. Wir dürfen einfach nichts ausschließen."

„Genau, und deswegen werde ich auch gleich dieser Helene einen Besuch abstatten. Immerhin verspricht sich die Gastwirtin auch

Vorteile von Marisas Verschwinden."

„Da kann noch viel mehr dahinterstecken", vermutet mein Chef. „Wenn die Gäste tatsächlich die Pension erben, muss sie sicher verkauft werden, damit alle Erben ausbezahlt werden können. Vielleicht spekuliert Helene auf einen Kauf des Hauses. Und selbst wenn sie dazu nicht genügend Geld besitzt, so ist es nicht einmal sicher, ob der neue Besitzer dieses Haus wieder als Pension nutzt. Die Konkurrenz wird weniger."

Ich staune. „Du bist richtig gut, soweit habe ich noch gar nicht gedacht. Dann hat sie ja wirklich mehr als nur ein Motiv. Ich werde gleich losgehen."

„Kannst du denn diesem Matthias trauen? Sind seine Informationen glaubwürdig?"

„Da bin ich mir ganz sicher", sprudelt es aus mir heraus. „Er ist total glaubwürdig und wahnsinnig nett. Du hättest einmal sehen müssen, wie er im Keller darum bemüht war, mich von der Arbeit fernzuhalten. Er sagte, ich solle auf meinen Rücken achten, und hat die

Schwerstarbeit mit Jochen und Tonio zusammen geschafft. Hinterher hat er mir noch einen Schlaf-Tee zubereitet, er hat sogar Honig hineingetan."

Ich höre das Entsetzen in seiner Stimme. „Und du warst nicht misstrauisch? Er hätte dich betäuben können. Mindestens! Als Täter hätte er dich auch vergiften können."

Ich kichere. „Mach dir keine Sorgen! Ich war in der Küche dabei, als er den Tee zubereitete, und habe ihm auf die Finger geschaut.

Er hat übrigens sehr schöne Finger, nicht zu lang und nicht zu dick."

„Ich hoffe, ich muss dich nicht von dem Fall abziehen, weil du befangen bist", droht er mir. „Du hast mir eben schon eine ganze Weile von ihm vorgeschwärmt. Ich weiß nun, dass er attraktiv ist, gut aussieht, und dass die gesamte Persönlichkeit noch von einem guten Intellekt beleuchtet wird. Wie lange habt ihr gestern Abend noch geredet?"

„Bis kurz nach Mitternacht. Aber das siehst du viel zu eng! Ich bin einfach nur froh, dass er kein

Muffel ist. Ich war eben so überrascht, weil man ihn mir als Brummbär beschrieben hatte."

„Nein, nicht noch mehr Tiere!" stöhnt er gespielt. „Ich dachte schon, du hättest dich in ihn verliebt."

„Wo denkst du hin!" wehre ich ab. „Bei so einer, nicht immer ungefährlichen Arbeit, ist es einfach schön, einmal auch nette Leute zu treffen."

„Denk dran, er kann auch der Täter sein!" erinnert er mich. „Noch ist nicht bewiesen, dass er die Wahrheit sagt. Auch ein

Höhlenforscher kann einmal auf Abwege geraten."

„Viele können das", behaupte ich. „Wenn man die Vorgeschichten der Dauer-Mieter kennt, kann man sich einiges davon ableiten. Auf Abwegen waren sie doch schon fast alle. Aber denk einmal logisch! Warum sollte Matthias Marisa umbringen, nur um freien Eintritt in eine winzige Höhle zu bekommen? Auf der Welt gibt es genug davon, und die meisten von ihnen sind bestimmt schöner und größer und mit wertvolleren Steinen geschmückt. An Geldmangel leidet Matthias nicht, und er hat genügend Arbeit. Bei ihm fehlt mir das ausreichend starke Tatmotiv. Und dich bitte ich um einen kleinen Gefallen!"

„Und der wäre?"

„Du sitzt doch an der Quelle", behaupte ich und benutze einen schmeichelnden Ton. „Du kannst doch alles Wissenswerte über diese Höhle erfahren. Irgendwer muss sie doch auch schon einmal untersucht haben. Und vielleicht bekommst du sogar heraus, ob sie im aktuellen Zustand Gefahren birgt."

„Ich werde mich darum kümmern, verspricht er. „Ich werde ein paar Leute hinschicken."

„Ich wusste doch, dass du so sehr clever bist", lobe ich ihn. „Du weißt immer, was wichtig ist."

Er lacht. „Hör auf mit deinen Schmeicheleien! Das zieht bei mir nicht. Du wirst dich aber trotzdem auf mich verlassen können."

„Ich weiß", antworte ich vergnügt.

„Aber pass gut auf dich auf", mahnt er mich. „Im Augenblick sind alle Personen um dich herum noch Tatverdächtige."

Kapitel 13

Wenn ich mir dieses hübsche, mit vielen Blumen geschmückte Dorf anschaue, das so idyllisch vor den gigantischen Bergen liegt, kann ich mir gar nicht vorstellen, dass man hier böse Gedanken entwickeln kann. Aber schon von Berufs wegen weiß ich, dass so gut wie nichts unmöglich ist, dass jedes noch so friedlich aussehende Haus eine Tragödie bergen kann.

Obwohl der Name des Gasthauses, „Zur goldenen Krone" mir für dieses schlichte Gebäude nicht ganz passend erscheint, wirkt es sauber und mit den beiden großen Blumenkübeln am Eingang freundlich und einladend.

Die alte mit Intarsien besetzte, hölzerne Eingangstür lässt sich nur schwer öffnen, was sicherlich ihre Vor- und ihre Nachteile haben kann.

Denn so, wie ich mich hier bemühe, mit einiger Muskel-Anstrengung in den Raum hineinzukommen, wird wohl ein Zechpreller sicher nicht so leicht entwischen können, weil er Mühe haben wird, die Tür von innen zu öffnen.

Während ich mir einen Tisch suche, lasse ich die Atmosphäre des Gastraums auf mich wirken. Alles scheint einfach, aber sauber und gediegen.

Ich finde ein Eckchen, das mir die Möglichkeit bietet, den Saal zu überblicken. Zur frühen Mittags-Zeit sind nur wenige Tische besetzt, zwei Familien füllen den Raum mit fröhlichen Gesprächen, ein paar

Singles verteilen sich an den kleineren Tischen, auf denen sich saubere, weiße Mitteldeckchen und winzige Vasen mit Strohblumen befinden.

Hinter der Theke zapft ein Mann mittleren Alters Bier, und eine Frau im gleichen Alter bedient die Gäste. Nachdem ich mir die Dame etwas näher angeschaut habe, und ihr blasses, etwas unscheinbares Aussehen nicht darauf schließen lässt, dass sie die schöne Carmen ist, bin ich mir ziemlich sicher, dass es sich um die Wirtin Helene handelt.

Sie begrüßt mich freundlich, aber ihr zusammengekniffener Mund verrät mir, dass ihr Leben nicht von gelassener Fröhlichkeit bestimmt wird.

Ich bestelle mir ein Wasser und einen Bauern-Salat und sehe am Gesicht der Frau, dass ich mich mit dieser einfachen Mahlzeit nicht gerade beliebt bei ihr mache. Um den Kontakt zu ihr nicht zu verlieren, frage ich sie. „Ist Carmen heute nicht anwesend?"

Sie schüttelt den Kopf. „Heute sind mein Mann und ich allein. Was möchten Sie denn von ihr?"

„Ich suche eine alte Freundin von mir, die hier wohnen soll", schwindele ich. „Ich bin nämlich eine zukünftige Autorin, interessiere mich für diese Gegend und wollte einiges darüber schreiben, da dachte ich, Carmen könnte mir helfen."

„Die kann Ihnen auch nicht helfen", meint sie. „Sie ist selbst gerade neu hier hingezogen und kennt sich noch gar nicht gut aus. Welche Sehenswürdigkeiten wollen Sie sich denn anschauen? Brauchen Sie einen Bergführer?"

„Das wäre nicht schlecht. Die Berge sind hier wirklich sehr hoch und imposant, aber ich habe auch gehört, dass es hier im Ort ein paar Sehenswürdigkeiten gibt."

„Viel gibt es da nicht", berichtet die Wirtin. „Einen alten Brunnen, weiter draußen eine Burgruine und zwei schöne Kirchen. Zum Gutshof da drüben wandern auch einige Leute, das ist ein Biohof, auf dem sich viele Gäste auch mit Waren versorgen. Brauchen Sie denn auch ein Zimmer?"

„Das kommt ganz drauf an, ob diese Carmen meine alte

Schulfreundin ist oder nicht. Sie hat mich nämlich eingeladen, bei ihr zu wohnen. Aber wenn ich schon einmal hier bin, kann ich mir auch mal die Gegend anschauen. An der Tankstelle hat man mir gesagt, dass hier momentan öfter die Polizei ihre Streifenrunden fährt, weil man jemanden vermisst ist. Stimmt das denn?"

Sie sieht mich skeptisch an. „Ja das stimmt. Ich muss jetzt erst mal die Leute an den anderen Tischen weiter bedienen. Wenn Sie noch etwas Zeit haben, dann kann ich Ihnen später mehr darüber berichten."

Ich nehme mir viel Zeit, lasse mir den Salat schmecken und genieße das Wasser in kleinen Schlucken. Aus den Augenwinkeln heraus beobachte ich das Wirtsehepaar und stelle fest, dass sie vielen Paaren ähneln, die eine lange Zeit verheiratet sind. Sie sprechen nur die nötigsten Worte und sind ein eingespieltes Team. Aber wenn sie sich anblicken, kann ich in ihren Augen kein Gefühl, geschweige denn ein Leuchten entdecken.

Das Wirtsehepaar wirkt auf mich insgesamt etwas gestresst, obwohl beide bemüht sind, es sich nicht anmerken zu lassen.

Nachdem die letzten Gäste den Mittagstisch verlassen haben, setzt sich Helene neben mich.

„Das ist wirklich eine merkwürdige Geschichte, und wenn Sie die hören, werden Sie sicher schnellstmöglich diesen Ort verlassen", behauptet sie.

„Ist es so schlimm?" fordere ich sie zum Weitererzählen auf.

Anscheinend ist es noch schlimmer, als ich gedacht habe, denn sie geht zur Theke zurück, zapft zwei Biere und stellt sie auf unseren Tisch.

„Stärken Sie sich erst einmal!" rät sie mir.

Ich habe zwar keinen Appetit auf Bier, kann ihr auch leider nicht die Ausrede präsentieren, dass ich im Dienst bin, sondern muss wohl oder übel mit ihr anstoßen und einen Schluck nehmen.

„Was wissen Sie denn darüber?" frage ich ehrlich interessiert.

Sie stößt mit ihrem großen, vollen Glas an meines, das eben so voll ist und überschwappt. „Das ist wohl gut so, dass sie weg ist, und das sage ich nicht aus persönlichen Gründen. Da geht es mir nur um die Gäste, die ständig von ihr verrückt gemacht werden."

Ich sehe sie mit gespieltem Erstaunen an. „Verrückt? Wie macht sie das denn?"

Sie rückt näher an mich heran. „Na, sehen Sie mal! Wenn ein Gast hierhin kommt, in diese schöne Berglandschaft, dann will er doch seine Ruhe haben und die Natur genießen. Er will Tags spazieren gehen oder auf der Alm in der Sonne sitzen, und in der Nacht will er in Ruhe schlafen. Das sind doch alles Städter, die zu uns hier aufs Land kommen. Die meisten jedenfalls. Aber bei der Marisa gab es immer nur Party und Animation. Das ist doch kein romantischer Bergurlaub."

„Wie machen Sie das denn hier mit ihren Gästen?" erkundige ich mich.

„Ich frage sie, ob sie etwas brauchen, und sie melden sich, wenn das der Fall ist. Aber sonst lasse ich sie völlig in Ruhe. Schließlich wollen sie hier einmal abschalten und entspannen. Das ist doch anders als auf Mallorca. Da gehen die Leute hin, die Langeweile haben und sich selbst nicht unterhalten können. Hier kommen doch ganz andere Urlauber in diese Gegend."

„Hat sie das den Gästen denn angeboten oder aufgedrängt?" möchte ich wissen.

„Na ich bitte Sie! Wenn in der Pension eine große Party stattfindet, dann kann man nicht schlafen gehen, weil es dazu zu laut ist. Da bleibt einem nichts anderes übrig als mitzufeiern."

„Da ist was Wahres dran", gebe ich zu. „Dann wird sich das wohl so nach und nach sondiert haben. Die ruhigen Gäste haben dann bestimmt eher hier bei Ihnen übernachtet, oder?"

„So viele Zimmer habe ich auch nicht", behauptet sie. „Jedenfalls ist die Marisa keine normale Frau, sondern ziemlich abgedreht. Da gab es dauernd Kostümfeste und solch einen Unsinn. Sie hat sich extra aus Venedig Masken dafür kommen lassen."

„Ich hab mal gehört, dass man im Gastgewerbe gar nicht so viel verdient", bemerke ich leise. „Die Unkosten sind unheimlich hoch. „Wie konnte sie da teure Partys geben und echte venezianische

Kostüme verleihen? Nahm sie denn so hohe Preise?"

„Die hatte ja auch Dauer-Gäste, und darunter sind auch einige Männer. Und was für welche! Wer weiß, was für Dienste sie denen für viel Geld auch noch angeboten hat?! Aber da weiß man nichts Genaues. Ich habe sie einmal zum Geburtstag besucht und ihr gratuliert. Da hat sie mir erzählt, dass sie nun auch noch demnächst die Alm vermieten will. Wenn da oben dann auch ständig Gaudi stattfindet, gibt es in den Bergen gar keine Ruhe mehr."

Ich habe Lust, sie ein bisschen zu provozieren. „Ja von einer Alm erzählt man sich so allerhand. Da soll es doch keine Sünde geben, und gejodelt wird ja auch, von so einer zünftigen Alm-Gaudi hat man mir auch schon erzählt. Und so etwas wollte sie da oben veranstalten?"

„Bestimmt! Die hätte doch noch unsere letzten Gämsen und Steinböcke vertrieben."

Ich nehme einen Schluck Bier und wische mir den Schaum von den Lippen. „Was ist denn wohl mit der Pensionswirtin passiert?"

Sie sieht mich verständnislos an. „Na, das ist doch ganz klar. Sie hatte doch immer so viele Single-Männer als Gäste. Da hat sie wohl irgendeinen ganz reichen Geschäftsmann kennengelernt, einen mit einer Finka auf Mallorca. Da hat sie dann bestimmt den ganz großen Braten gerochen und ihr ganzes Hab und Gut hier verkauft, um dort im Süden im großen Stil neu anzufangen, mit vielen Servicekräften, die ihr die Arbeit abnehmen. Dann macht sie nur noch überdrehte Verrücktheiten mit ihren Gästen."

„Kennen Sie denn den Mann, mit dem sie auf und davongelaufen ist? Und gibt es auch schon einen Kaufvertrag für die Pension Waldfrieden?"

„Waldfrieden? Waldfrieden?! Das Wort ist doch schließlich ein Witz dazu. Den Frieden im Wald stelle ich mir anders vor. Nein, ich muss mich hier um die eigene Wirtschaft kümmern, ich weiß nicht, mit wem sie davongelaufen ist, bestimmt mit einem dieser Männer, die an ihren Partys teilnehmen. Und die Pension könnte wirklich eine Goldgrube sein, wenn man sie richtig führt. Die ist schneller verkauft, als man gucken kann. Einige von den Dauergästen kommen ab und zu hier zum Stammtisch. Sie spielen ein bisschen Skat oder unterhalten sich. Von denen habe ich so manches aufgeschnappt."

„Dauergäste? Was soll ich denn darunter verstehen", stelle ich mich unwissend.

„In der Regel sind das so Montage-Arbeiter oder Leute, die dort auf Zeit wohnen aus unterschiedlichen Gründen. Unter ihnen sind schon einige komische Typen. Aber die passen natürlich zu ihr, zu Marisa."

„Wie darf ich das verstehen?" frage ich mit arglosem Blick. „Sind das Personen mit einer zweifelhaften Vergangenheit?"

„Das sind meist verkrachte Existenzen, die Scheidungen und andere Katastrophen hinter sich haben. Die fallen völlig aus der Norm. Mich würde es nicht wundern, wenn da auch Betrüger drunter wären."

„Es bleibt ja ganz unter uns: Haben Sie auch einen Verdacht?"

„Das sind so komische Leute aus Freiberufen, Typen, die nichts von körperlicher Arbeit verstehen, sondern ein bisschen am Computer herumspielen. Im Moment ist da ein Journalist dabei, der irgendwann einmal ein Buch schreiben will, und das will doch heute jeder. Einer, der sich Höhlenforscher nennt, spielt auch eine zwielichtige Rolle."

Ich sehe sie erwartungsvoll an „In welcher Beziehung? Nennt man nicht so auch die Zahnärzte?"

Sie sieht mich entsetzt an. „Nein, so meinte ich es nicht. Der Typ klopft mit seinem Hämmerchen schon in richtigen Höhlen. Wer weiß, was er sich da für schöne Steinchen abbricht?"

„Haben Sie über ihn nähere Informationen?" forsche ich nach.

„Ich bitte Sie, brauche ich die?! Er hat behauptet, ganz dringend in diese Höhle zu müssen, und die ist schließlich in Privat-Besitz und nicht für alle Leute da. Da ist doch was faul, oder?"

„Sie sind ein Mensch, der überall etwas wittert", stelle ich fest. „Ich glaube, bei der Kriminalpolizei wären Sie gut aufgehoben."

Sie setzt sich gerade. „Ja, das hat man mir schon oft gesagt. Ich habe nicht nur ein gutes Gespür, sondern auch einen scharfen Verstand, der sich sehr viel ausmalen kann und logisch kombiniert. Jemand, der so stark an einer Höhlenbesichtigung interessiert ist, muss einfach Hintergedanken haben. Das habe ich auch Marisa erzählt, und zum Glück ist sie durch mich hellhörig geworden. Eigentlich hätte sie mir dankbar sein müssen, dass ich sie vor diesem Mann gewarnt habe. Aber sie hat sich gar nicht weiter drum gekümmert. Ihre Gäste und Feste waren ihr wichtiger.“

Ihr Mann tritt zu uns an den Tisch und sieht mich freundlich an. „Es tut mir leid, dass ich Sie hier stören muss, aber ich muss Ihre Unterhaltung unterbrechen. Ich brauche nämlich meine Frau in der Küche."

Helene zeigt sich verärgert. „Du wirst doch wohl ein paar Minuten in der Küche ohne mich allein auskommen können. Es ist immer wieder dasselbe: Diese Mannsbilder können noch nichts allein. Diese Marisa hat es schon richtig gemacht. Sie hat jetzt mit all dieser Arbeit nichts mehr am Hut, sie kann sich jetzt irgendwo am Meer in der Sonne braten lassen."

„Du solltest noch den Sauerbraten anbraten", erinnert er sie. „Der muss für das Abendgeschäft schließlich noch fertig werden."

Sie stöhnt. „Das Abendgeschäft! Das Abendgeschäft. Wenn du mich weiter so drängelst, werde ich mich auch nach Mallorca absetzen, oder besser noch, auf die Kanaren. Amerika wäre auch nicht schlecht. Dass die Männer doch immer so unsensibel sein müssen."

„Die Arbeit muss eben weitergehen, das weißt du doch", drängelt er sie.

„Aber du siehst nicht über deinen eigenen Tellerrand", schimpft sie. „Das, was ich hier gerade tue, ist Gästepflege. Hast du noch nie davon gehört, dass der Mensch nicht nur vom Brot allein lebt?! Meine Gäste hier möchten auch nett unterhalten werden. Nicht so auf eine spektakuläre Art wie von dieser Marisa. Aber die Urlauber möchten doch etwas hören aus dieser Gegend, wenn sie schon einmal hier sind."

Sie erhebt sich und wendet sich an mich. „Mögen sie noch ein Bier oder ein anderes Getränk? Sie sind mein Gast, und ich möchte mich für meinen Mann entschuldigen, der anscheinend keine Manieren hat. Es tut mir leid, dass er sie jetzt auf diese Weise so belästigt hat."

Der Gastwirt hat sich inzwischen entfernt.

„So läuft es doch fast überall", tröste ich sie. „Meist gibt es Komplikationen, wenn ein Ehepaar zusammenarbeitet. Da gibt es doch ständig neue Herausforderungen und Meinungsverschiedenheiten.

Es war nett, mit ihnen geplaudert zu haben. Ich bedanke mich für ihre Gastfreundschaft und laufe noch einmal durch den Ort."

„Leider darf ich Ihnen die Adresse von Carmen nicht verraten, das verstehen Sie doch bestimmt?! Sie ist ihrem Mann davongelaufen, der sie geschlagen hat, und deswegen möchte sie nicht, dass jemand erfährt, wo sie sich aufhält."

„Das verstehe ich doch vollkommen. Ich denke, bei Ihnen ist sie gut aufgehoben. Sie werden sofort merken, wenn für die Dame irgendeine Gefahr droht. Sie wissen doch, Sie haben den richtigen Spürsinn."

„Danke! Sie sind sehr freundlich. Kommen Sie mal wieder vorbei!" bietet sie mir an. „Und ich wünsche Ihnen noch eine gute Reise. Sollten Sie doch hierbleiben, können Sie sich wieder hier melden. Bestimmt ist ein Zimmer für Sie frei."

Sie eilt ihrem Mann hinterher, und ich erhebe mich, langsam und nachdenklich.

Nach allem, was ich jetzt gesehen, gehört und erlebt habe, kann ich mir aus dieser Frau kein Täter-Profil basteln.

Beim Hinausgehen registriere ich erneut, dass die Tür schwer zu handhaben ist, und bin froh, als mich draußen das Sonnenlicht wieder umflutet.

Als erste Handlung nach diesem Erlebnis melde ich mich bei meinem Chef. „Diese Helene ist gestresst und frustriert. Sie hat eine blühende Fantasie und einen Hang zum Drama, und sie redet schrecklich gern, aber für mich ist sie keine Täterin."

Er stöhnt leicht. „Wenn du dir da so sicher bist, dann verschone mich erst einmal mit Einzelheiten! Dann gibt es nur eins, liebe Carolin: Wir müssen wieder ganz von vorn anfangen."

Kapitel 14

Wenige Minuten später meldet sich mein Chef am Telefon und teilt mir folgende Neuigkeiten mit. „Dein Freund Matthias hat dir tatsächlich die Wahrheit erzählt. Wir konnten herausfinden, dass es in der Höhle, wie angekündigt, einige Gesteinsrisse gibt, die bereits Bewegungen verursacht haben. Matthias hat schon einige Artikel über diese Art von Höhlen und diese Gesteine geschrieben und wird überall gelobt für seine vorsorglichen und treffgenauen Gefahren-Meldungen. Ich denke, du hast eine gute Menschenkenntnis, also steht Matthias nicht mehr an der ersten Stelle der Verdächtigen. Da sind wir also schon einmal ein Stück weitergekommen. Während deiner Abwesenheit haben wir in der Pension auch noch mal den Keller mit Geräten abgecheckt und die Fachleute haben mir versichert, dass es keine geheimen Gänge oder Schächte im Keller gibt. Eine letzte und wichtige Botschaft für dich ist, dass es von Marisas Zimmer aus im Bereich der Zimmerdecke keine verdeckte Öffnung gibt, durch die man zum Dach hinaus oder vom Dach aus hinein gelangen kann. Die gesamte Isolierung ist zudem unversehrt, und auf dem Dach gibt es keinerlei Spuren. Die KTU war sehr gründlich und hat mir bereits erste Berichte übermittelt. Ich werde sie jetzt in Ruhe durchlesen, und dir wünsche ich nun viel Erfolg!"

„Den kann ich gebrauchen", antworte ich nachdenklich, beende das Gespräch und schiebe das Handy in die Tasche. Jetzt muss ich mich auf meine Überlegungen bezüglich des chloroformierten Tigers konzentrieren.

Auf dem Rückweg durch den Ort treffe ich Tobi, der mich freundlich grüßt und dann anfängt zu grinsen. „Ich hätte nicht gedacht, dass du noch immer hier bist."

„Bis jetzt ist noch nichts geschehen, was mich verjagen konnte", gebe ich schmunzelnd zurück. „Aber jetzt, da ist ich dich gerade treffe, könnte ich schon deine Hilfe gebrauchen."

Er sieht mich erstaunt an. „Hilfe? Wofür?"

„Du hast dich inzwischen bestimmt auch weiter mit dem Fall befasst", vermute ich. „Sag mir einmal, wie Marisa aus dem Haus gekommen ist! Verrate mir einmal, wie sie aus dem Garten gekommen ist, ohne dass der Tiger die Bewohner des Hauses geweckt hat! Meinst du, das Tier hat vielleicht ein Stück

Fleisch, präpariert mit einem Betäubungsmittel gefressen?"

Er schüttelt den Kopf. „Nein, ganz bestimmt nicht."

Ich sehe ihn erstaunt an. „Wie kommst du darauf, und woher willst du das wissen?"

„Ich war neulich Schlittschuhlaufen. Vielleicht hast du schon von dieser Sommer-Schlittschuhbahn gehört, die mit dem künstlichen Eis."

Ich nicke. „Ja, Tonio hat mir davon erzählt, und er berichtete mir, dass Prometheus sehr gern dorthin geht.

Ich habe es für einen Witz gehalten, und ihm nicht geglaubt."

„Du kannst es ihm ruhig glauben", rät mir Tobi. „Ich habe Tonio mit seinem Tiger schon oft dort getroffen und die beiden werden von vielen Leuten umringt und bestaunt."

„Das kann ich mir vorstellen. Aber woher willst du wissen, dass Prometheus kein präpariertes Fleisch gefressen hat. Ich meine, in jener Nacht, als Marisa verschwand."

„Ich weiß schon, was du meinst. Ich bin ja nicht doof, und meine Mutter und ich, wir machen uns schon sehr lange Gedanken darüber, länger als du, denn du hast ja erst viel später davon erfahren."

„Also gut, spann mich bitte nicht noch länger auf die Folter! Wieso bist du dir so sicher, dass der Tiger in dieser Nacht nicht mit Fleisch betäubt wurde?"

„Da gibt es gleich mehrere Gründe", weiß Tobi. „Er schläft nachts immer in einer kleinen Hütte, die Tonio für ihn anfertigen ließ. Tagsüber wird sie von diesem Journalisten im Haus aufbewahrt, damit sich dort kein Ungeziefer sammeln kann. Zur Nacht stellt er dieses Minihaus, das ein Eingangsgitter als Öffnung hat, in das große Gehege. Sobald Tonio Prometheus eine gute Nacht gewünscht hat, verschließt er das ganze Gehege nach oben mit einem Rolldach aus einer Art Plexiglas. Und sollte jemand auf die Idee kommen, einer Drohne in das Gehege fliegen zu lassen oder einen kleinen igelartigen Computer dort hinein zu schicken, irgend einen Roboter oder dressierten, winzigen Affen, der präpariertes Fleisch zum Minihaus transportiert, so wird der Tiger doch nicht imstande sein, dieses Fleisch fressen zu können."

Ich sehe den Jungen in gespannter Erwartungshaltung an „Und warum nicht?"

Tobi grinst. „Prometheus trägt nachts eine Zahnspange."

Ungläubig schaue ich in sein lachendes Gesicht. „Das glaube ich dir jetzt nicht. Du willst mich auf den Arm nehmen und verschaukeln."

„Dazu bist du mir zu schwer", antwortet er, immer noch grinsend. „Nein, du kannst mir ruhig glauben.

Ich habe mit Tonio darüber gesprochen, und er hat mir alle Bilder im Handy gezeigt: die vom überdachten Gehege, die von dem kleinen Minihaus mit der Gittertür und die von Prometheus mit der Zahnspange."

Ich sehe ihn immer noch skeptisch an. „Und der Tiger kann mit dieser Zahnspange so grässlich heulen?"

„Gerade weil er diese Zahnspange trägt, klingt es so laut und unheimlich, hat mir der Journalist erklärt. Und mit seinem Handy hat er sogar ein paar Heultöne aufgenommen, und dieses Audio hat er mir dann vorgespielt."

„Lässt sich der Tiger diese Zahnspange freiwillig anlegen?" frage ich zweifelnd.

Tobi nickt. „Sie hat einen besonderen Geschmack, den kleine Tiger mögen, so wie die Babys einen Nucki oder kleine Kinder eine Erdbeer-Zahnpasta. Prometheus freut sich jeden Abend schon darauf."

„Ich kann es immer noch nicht so richtig glauben", verrate ich ihm.

„Du kannst Tonio fragen, und er wird dir alles beweisen", schlägt er mir vor.

„Also gut, mir bleibt jetzt gar nichts anderes übrig, als dir zu glauben, und mir die Beweise zeigen zu lassen. Aber dann verrate mir doch auch, du super-schlauer Junge, wie man dann Marisa unbemerkt aus dem Bereich der Pension herausgebracht hat!"

„Da habe ich mir schon die ganzen Tage den Kopf darüber zerbrochen, ich habe es auch mit KI versucht, aber die wusste auch keine Lösung. Schließlich habe ich mir ein Spiel gebastelt, dazu habe ich die Figuren von einem Mensch-ärgere-dich-nicht Spiel genommen. Jede Figur war ein Mensch aus der Pension. Und ich habe sie immer hin und her geschoben. Für Prometheus habe ich ein schwarzes Püppchen genommen. Und dann habe ich alle anderen Figuren an dem Tiger vorbei spazieren lassen, sie sind an dem Käfig vorbeigegangen. Natürlich hat Prometheus da bei fast allen geheult. Nur bei einem einzigen nicht. So einfach ist das."

Was redet er da? Er hat alle Bewohner des Hauses als Püppchen an dem Tiger vorbeispazieren lassen? Und der Tiger hat nur bei einem einzigen keine Geräusche von sich gegeben?

Mir fällt es wie Schuppen von meinen inneren Augen, die im Kopf für Erleuchtung sorgen. Alle Dauerbewohner der Pension, Nadine, Anna, Elli, Matthias, Maximilian und Jochen sind für das Tier fremde Personen, und bei ihnen hätte der Tiger sicherlich angeschlagen. Aber Tonio war kein fremder für Prometheus. Nur der Journalist konnte ungehindert an seinem Pflegetier vorbeigehen und den Käfig passieren, ohne den großen Kater zu provozieren.

Ich erschrecke. Aber das hieße ja, dass Tonio der Täter ist!

Meine Augen werden groß und rund. Staunend sehe ich Tobi an „Weißt du denn auch, was das bedeutet?!"

Der Junge nickt. „Ja, das weiß ich. Es bedeutet, dass Tonio Marisa begleitet hat. Wie, das weiß man nicht, und wohin, das weiß man auch noch nicht. Man weiß auch nicht, warum, und man kann auch noch nicht sagen, was dann passiert ist und wie es ihr jetzt geht. Aber Tonio ist der Einzige, der mit ihr dort ein- und ausgegangen sein kann, ohne Prometheus zum Heulen zu bringen."

Ich atme tief. „Du bist ein Genie, Tobi. Dann hat also dieser Journalist auf jeden Fall etwas mit der Entführung der Marisa zu tun. Was würdest du jetzt tun als Kriminalkommissar? Diesen Tonio ständig überwachen."

„Wenn du mich fragst, so würde ich auf jeden Fall nicht mit ihm darüber reden. Sicher ist es nicht gut, wenn er erfährt, dass du ihm auf die Schliche gekommen bist. Eine Überwachung wäre natürlich gut, und das aus zwei Gründen."

„Weil er uns vielleicht zu Marisa führen kann?" überlege ich.

„Richtig. Es heißt doch, ein Täter kehrt immer zum Tatort zurück. Wenn er also Marisa, aus welchem Grund auch immer, entführt hat, muss er sie mit Nahrungsmitteln und Getränken versorgen. Wenn er sie umgebracht hat, dann sicher, um eine spektakuläre Geschichte daraus zu machen. Vielleicht hat er verzweifelt versucht, durch seine Artikel berühmt zu werden, aber als ihm das nicht gelang, hat er die Sache selbst in die Hand genommen und einen Kriminalfall verursacht."

Ich staune. „Du bist wirklich sehr gut, Tobi!"

„Oh ja, einiges davon ist auf meinem Mist gewachsen. Aber die Idee mit der spektakulären Geschichte stammt von meiner Mutter, das muss ich zugeben."

Ich verkneife mir ein Lächeln. „Und ehrlich bist du auch! Deine Mutter ist genauso gut wie du. Ihr scheint ein gutes Team zu sein."

Er nickt. „Mama ist schon okay. Ich kann sie zwar nicht immer ganz verstehen, Erwachsene sind oft komisch und ein bisschen verrückt. Aber meine Mutter ist in Ordnung, auch wenn sie nicht ganz so lustig ist wie Marisa. Das verstehe ich aber gut, denn sie hat wesentlich mehr Sorgen."

„Meinst du, es geht nun alles um das Erbe, oder war Marisa auch manchen Menschen zu verrückt", frage ich in Gedanken.

„Ich habe eigentlich gedacht, der Tonio und die Marisa, die könnten gut ein Paar werden, weil beide ein bisschen sehr verrückt sind, mehr als die meisten Erwachsenen. Sie passen gut zusammen, finde ich. Und deshalb grübeln meine Mutter und ich immer noch darüber, welche Motive Tonio gehabt haben kann, um Marisa verschwinden zu lassen."

Ich seufze. „Das macht mir jetzt auch Kopfzerbrechen. Wenn sich die beiden so ähnlich waren und sich so gut verstanden, warum sollte er sie dann umbringen?! Er könnte hier weiter mit ihr in Saus und Braus leben und sein angefangenes Buch schreiben."

„Darüber haben wir auch schon gesprochen", verrät mir Tobi. „Meine Mutter hat sich auch zusammengereimt, dass die ganze Geschichte vielleicht nur ein Fake ist, weil Tonio für sein Buch noch ein paar gute Ideen brauchte."

„Das gefällt mir am besten", gestehe ich ihm. „Und dafür müsste er Marisa nicht unbedingt ermorden. Eine Entführung reichte da völlig aus, und das hieße, dass sie möglicherweise noch lebt. Wäre das nicht fantastisch."

„Fantastisch nicht", findet Tobi. „Eine Entführung ist strafbar, und dafür landet Tonio sicher im Gefängnis."

„Ich glaube, es hat jetzt wenig Sinn, über diesen Punkt weiter zu spekulieren. Wir wissen noch zu wenig über diese Geschichte. Hast du Zeit und Lust, diesen Tonio mit mir zu überwachen?"

Sein Gesicht wirkt ernst. „Das kann ich so einrichten. Ich will mir demnächst, sobald ich größer bin, eine Drohne anschaffen. Dafür muss ich aber auch noch tüchtig sparen. Und einen Drohnenführerschein brauche ich dazu auch. Schade, dieses Wunderding könnte uns jetzt sehr helfen."

„Wir können es auch auf unsere Art und Weise machen", schlage ich ihm vor. „Und dazu machen wir uns jetzt einen Plan. Kannst du gut schauspielern?"

„Ich denke ja, auch wenn ich im letzten Jahr in der Schule das Krippenspiel verpatzt habe, weil ich als Engel mit meinem langen Gewand gestolpert bin und aus Versehen laut geschimpft habe."

„Auch ein Engel darf mal schimpfen", tröste ich ihn.

Kapitel 15

Um den langen Küchentisch haben sich auf meinen Wunsch hin alle Dauer-Mieter und Elli versammelt. Die Haushälterin versorgt uns mit Kaffee und Kuchen. „Carolin hatte diese Idee", beginnt sie, „und es geht um Marisa. Schließlich vermissen wir sie doch alle sehr, und wir wollen einfach nicht aufgeben, nach ihr zu suchen. Außerdem stehen die Gedanken an dieses verrückte Testament immer zwischen uns, sodass wohl keiner mehr dem anderen richtig traut. Das muss endlich aus der Welt geschafft werden."

„Was sollen wir denn tun?" erkundigt sich Nadine.

„Carolin hat mich auf eine tolle Idee gebracht. Bevor sich herausstellt, was mit Marisa passiert ist, können wir uns zusammenschließen und beim Notar festlegen, dass wir alle das Erbe ablehnen. Wenn jeder von euch zustimmt, können wir schon einmal ausschließen, dass hier ein Mörder unter uns ist."

„Es sei denn, jemand hat unsere Pensionswirtin nicht wegen des Erbes, sondern aus Hass oder

Rache umgebracht", wirft Maximilian ein.

„Das können wir später noch beratschlagen", fährt Elli fort. „Ich habe schon mit einem Anwalt und einem Notar gesprochen, die ein Schriftstück aufsetzen wollen. Seid ihr alle damit einverstanden?"

„Sollten wir uns das alle nicht lieber noch einmal überlegen?" schlägt Jochen vor.

„Ja, vielleicht eine kurze Zeit?" stimmt ihm Nadine zu.

Elli schüttelt den Kopf. „Nein, es ist genug Zeit vergangen, und jetzt müssen wir Nägel mit Köpfen machen. Wer von euch unterschreibt dieses Papier?"

„Ein Erbe auszuschlagen ist immer ziemlich dumm", findet Maximilian, wir alle könnten wahrscheinlich etwas Geld gebrauchen. Aber möglicherweise ist diese ganze Pension wir auch hochverschuldet, und dann stehen wir alle dumm da. Also, ich mache mit. Ich lehne das Erbe ab."

Nach diesen Worten erheben die anderen ebenfalls ihre Hände.

Elli freut sich. „Dann wäre das erst einmal geklärt, und ich werde eure Absicht weiterleiten."

In diesem Augenblick betritt Tobi die Küche. Sein Gesicht ist weiß, und er wirkt aufgeregt. „Ich muss euch leider eine schlechte Nachricht bringen", teilt er den Anwesenden mit.

Erschrocken heben sich die Köpfe. „Was ist passiert?" will Tonio als Erster wissen. Ich erkenne Angst in seinen Augen.

„Man hat Marisa gefunden", behauptet Tobi, und es breitet sich Unruhe aus.

Tonio springt auf. „Wirklich? Ist ihr etwas passiert?"

„Ich weiß nichts Genaues", fährt Tobi fort. „Ich habe nur gehört, dass die Polizei ihre Hände im Spiel hat."

„Ich muss sofort los", beschließt Tonio. „Ihr müsst mich jetzt entschuldigen. Wir können ein anderes Mal weiterreden."

Er eilt aus dem Raum, und Tobi folgt ihm. „Ich muss jetzt auch erst einmal etwas erledigen", entschuldige ich mich und zwinkere der Haushälterin zu, die in unsere Pläne eingeweiht ist.

Matthias eilt zu mir. „Kann ich dir irgendwie helfen? Bist du in irgendeine gefährliche Sache verwickelt? Ich möchte dich jetzt nicht allein lassen."

„Mach dir bitte keine Sorge!" rate ich ihm. „Wir bringen alles in Ordnung. Die Polizei ist bereits eingeschaltet."

Er atmet auf. „Dann bin ich beruhigt." Schnell nutzt er die Gelegenheit, um mir einen zarten Kuss auf die Stirn zu geben. „Das soll dir jetzt Glück bringen!" wünscht er mir und sieht mich mit leuchtenden Augen an.

„Darüber sprechen wir später noch", verspreche ich ihm schmunzelnd und eile Tobi hinterher.

Es dauert einen Moment, bis ich den davonspringenden Jungen eingeholt habe. „Hast du Tonio noch nicht verloren?"

„Nein, keine Sorge! Und ich weiß jetzt auch genau, wohin er will."

Ich staune. „Da weißt du mehr als ich."

„Dieser Weg hier herauf führt zu den alten Tunneln aus den Weltkriegen. Ich habe gestern noch einmal mit meiner Mutter die alten Karten von früher durchgesehen. Vermutlich gibt es von einem dieser Tunnel eine Verbindung zu Marisas privater Höhle. Dort in dem verborgenen Gang kann sich ein gutes Versteck befinden."

Eilig klettern wir hinauf, uns immer an Tonios Spuren heftend.

Tatsächlich hält der Journalist an einem von Büschen und Pflanzen überdeckten Eingang.

Mir läuft ein leiser Schauer über die Haut. Was wird uns jetzt dort erwarten? Werden wir Marisa lebend wiederfinden, oder erwartet uns ein schreckliches Bild?

„Am besten wartest du vor dem Eingang!" schlage ich Tobi vor. „Das ist besser für dich."

Er grinst. „Okay! Du möchtest mir sicher ein Trauma ersparen. Aber ich glaube daran, dass Marisa noch lebt. Auch meine Mutter meint, die beiden seien ineinander verschossen gewesen."

„Ich hoffe, du hast recht. Dann werde ich jetzt einmal in die Höhle des Löwen gehen."

„In die Höhle des Tigerbändigers",
verbessert mich Tonio.

Ich fasse all meinen Mut zusammen
und folge dem Journalisten in das
Innere des kleinen Bunkers.

Dort lässt mich das Bild, das sich
mir bietet, direkt aufatmen.

Eine hübsche junge Frau steht eng
umschlungen mit Tonio in der Mitte
des Raumes, und um die beiden
herum zeigen mir die vielen
Utensilien, dass sich Marisa hier
mindestens ab und zu einmal
aufgehalten hat.

Ich rufe Tobi herein, zu dem sich inzwischen zwei Polizisten gesellt haben, die mir mein Chef zur Hilfe geschickt hat.

Einer der Polizeibeamten wendet sich an das Liebespaar, das erschrocken auseinanderfährt. „Können Sie uns bitte erklären, was diese Situation bedeutet?"

Der Journalist dreht sich zu ihm. „Es tut mir alles sehr leid. Die ganze Geschichte ist unter Alkohol-Einfluss entstanden. An jenem Abend haben wir alle zusammen gefeiert, und meine Liebste und ich, wir haben noch spät über ihr verrücktes Testament geredet, das sie eigentlich erfunden hatte, um Gäste anzulocken, weil die Pension am Anfang nur spärlich besucht wurde. In jener Nacht beschlossen wir dann, dass ich ihr helfe, sie an einem einsamen Ort zu verstecken, und hier hielt sie sich hauptsächlich auf. Wenn sie sich hinauswagte, verkleidete sie sich mit Perücken und anderen Utensilien, die sie in ihrem Keller aufbewahrt hatte. Dann ist uns die Geschichte ein wenig über den Kopf gewachsen, denn, als sich die Polizei einschaltete, waren wir uns nicht mehr ganz sicher, wie wir uns weiter verhalten sollten. Gerade gestern haben wir überlegt, wie wir der ganzen Geschichte ein Ende bereiten sollen, um die Leute nicht weiter zu ängstigen."

„Das gibt sicherlich nicht nur Anzeigen wegen groben Unfugs und Irreführung der Polizei, sondern bestimmt noch einiges, was dazu kommt", vermutet einer der beiden Polizisten.

Der andere Beamte zeigt Verständnis. „Es werden eine ganze Menge krimineller Taten im Alkoholrausch verübt, aber man wird ihnen zugutehalten, dass Sie niemandem schaden wollten."

„Ich glaube nicht, dass Sie eine hohe Gefängnisstrafe zu erwarten haben", überlegt der Kollege. „Erst kürzlich erhielt ein Täter zwei Jahre in einer Haftanstalt für einen Mord unter Alkohol-Einfluss. Aber ein Kavaliersdelikt ist das nun mal auch nicht, denn Sie haben hier eine ganze kleine Welt in Angst und Schrecken versetzt."

„Ich bin froh, dass alle gesund sind", mische ich mich ein. „Und was für einen Zweck habt ihr beide nun eigentlich verfolgt? Ging es um den Roman, oder wolltet ihr einfach die Reaktion der Menschen prüfen? Der Test ging ganz schön in die Hose, denn alle Dauer-Mieter wollen die Erbschaft ablehnen."

„Es tut mir so leid", wiederholt sich Marisa. „Es sollte lediglich ein Spaß sein, ich wollte niemanden testen. Ich werde alle entschädigen und alles tun, was in meiner Macht steht. Jeder darf sich etwas wünschen, und ich werde versuchen, jeden Wunsch zu erfüllen."

„Jetzt werde ich erstmal zu den Dauermietern zurückkehren",

beschließe ich. „Sie möchten bestimmt auch wissen, was los ist, weil sie lange in Angst gelebt haben. Dann macht mal schön damit weiter, womit ihr eben aufgehört habt!" rate ich ihnen schmunzelnd und wende mich an Tobi. „Kommst du mit mir? Deine Mutter wird sicher auch schon ungeduldig warten, um mit dir die Ereignisse zu diskutieren."

„Na klar!" Er sieht mich verschwörerisch an. „Jetzt können die Spielfiguren wieder in die Versenkung. Wie kann man nur freiwillig in einer Höhle wohnen? Die Erwachsenen sind doch komisch. Das Leben könnte so einfach sein, aber stattdessen findet man viele Menschen immer wieder auf Abwegen."

Kapitel 16

In der Pension Döpfner finde ich die Dauer-Gäste am großen Küchentisch in gespannter Erwartung vor. Die Haushälterin hat sie mit Kaffee und Kuchen versorgt und ihnen einen Cognac spendiert.

In wenigen Worten berichte ich den Anwesenden, was sich in der Höhle abgespielt hat und was die beiden fantasievollen Menschen inszeniert hatten: einen Spaß ohne Hintergrund. Ich fasse noch einmal das Wichtigste zusammen. „Die beiden hatten sich einen Scherz erlaubt, aber er ist ihnen wohl über den Kopf gewachsen. Gleich am andern Tag hätten sie mit der Wahrheit herausrücken müssen, aber da schien es ihnen zu spät, und sie hatten bereits den Mut verloren. Inzwischen tut es ihnen so leid, dass sie Marisas Verschwinden inszeniert haben und uns große Rätsel hinterließen. Ihr alle habt euch so viel Sorgen gemacht und natürlich auch einigen Ärger hinnehmen müssen. Dafür wollen die beiden euch auch entschädigen, und eure Wirtin stellte euch in Aussicht, dass ihr alle, jeder von euch, irgendeinen besonderen Wunsch frei habt, den Marisa euch mit allen Mitteln erfüllen will."

Maximilian lacht. „Ich finde, wir sollten die Verzichtserklärung wieder zerreißen."

„Nadine stöhnt. „Nur das nicht! Dann fängt alles wieder von vorn an."

„Sicherlich wird sie dieses komische Testament zerreißen", vermute ich, „denn damit hat schließlich alles angefangen. Sie wollte bestimmt wissen, was ihr so alles anstellt, wenn sie plötzlich weg ist."

„Ich weiß schon, was ich mir wünsche", beginnt Anna mit leuchtenden Augen. „Ich bin jetzt Frührentnerin, und kann mir ein neues Leben einrichten. Ich werde mir wünschen, oben in der Alm wohnen zu können. Dann führe ich die Alm-Wirtschaft und werde da oben in Ruhe die Natur genießen können."

„Das ist eine richtig gute Idee", findet Nadine. „In meinem bisherigen Beruf habe ich mich auch nicht gerade besonders lobenswert angestellt. Da konnte ich keine Lorbeeren gewinnen, denn offensichtlich war ich auf dem falschen Posten. Ich eigne mich einfach nicht dazu, in Familiendingen die Expertin zu spielen, die ich nun einmal nicht bin. Ich werde mit dir auf die Alm ziehen, denn eine Alm-Wirtschaft kann man auch nicht allein führen, dazu gibt es viel zu viel Arbeit dort oben."

Anna freut sich. „Schön, dann habe ich gleich nette Gesellschaft, jemanden, mit dem ich mich auch einmal unterhalten kann. Wir müssen sicher dafür noch viel lernen. Aber ich bin sicher, dass wir es schaffen."

„Dann seht mal zu, dass der Schornstein bald raucht", rät Maximilian und lacht. „Denn ich werde euch dort bald aufs Dach steigen."

„Wenn ihr jemanden braucht, der euch etwas umbaut, dann bin ich der Experte", bietet sich Jochen an. „Dann habe ich abends hier wenigstens keine Langeweile mehr, und meine Frau freut sich, dass ich nicht meinen ganzen Lohn in die Wirtschaft trage."

„Dann musst du dir aber eine Lampe mitbringen", schlägt ihm Anna vor. „Denn abends ist es bald schon früh dunkel. Wie willst du alles hochschleppen?"

„Man kann den alten Lastenaufzug wieder in Betrieb nehmen", überlegt Elli. „Wahrscheinlich werdet ihr dort bald auch einen Entenhof haben, nehme ich an.

Dann wird Flatter auch echte Eier legen, und du brauchst mit ihr nicht mehr zum Tier-Psychologen."

„So lange du deiner Ente in der Nacht keine Beißschiene anlegst, wird die Welt dort oben völlig in Ordnung sein", wende ich mich an Nadine.

Jochen sieht mich erstaunt an „Wer hat denn eine Beißschiene? Nadine vielleicht?"

„Nein, Prometheus trägt nachts solch ein Gestell, mit Erdbeer-Geschmack und allem Drum und Dran."

Die anderen sehen mich ungläubig an. „Ist das wahr?" erkundigt sich Anna.

Ich nicke. „Ja, der kleine Tobi hat schon Bilder davon gesehen. Marisa und Tonio sind nicht nur außergewöhnlich lebensfrohe und zum Scherzen aufgelegte Typen, sie gestalten ihr ganzes Umfeld auf diese Art und Weise. Und wer mit ihnen lebt, muss es wohl mitmachen. Hier in der Pension haben viele Menschen ihre Freude daran gehabt. Aber offensichtlich haben die schönsten Straßen auch seltsame Abwege."

„Ich werde mir keine weiteren Enten zulegen", verkündet Nadine. „Flatter ist auch etwas Besonderes, sie ist mein Kuscheltier. Und ihr müsst jetzt nicht denken, ich sei verrückt! Ich habe in der letzten Zeit viel im Internet recherchiert. Habt ihr da einmal die ganzen Industriezweige gesehen, die etwas für Menschen produzieren, die ihre Tiere vermenschlichen?!"

Anna nickt. „Ja, das ist mir auch schon aufgefallen, da gibt es nicht nur Kleidung und Schuhe für fast jedes Tier, sondern auch Brillen, Sonnenbrillen und alles für eine verrückte, menschlich-tierische

Freizeitbeschäftigung. Zu Advent gibt es sogar schon die typischen Türchen-Kalender für alle Arten von Tieren. Da ist Tonio mit seinem Tiger dagegen noch harmlos."

„Solange die Tiere nicht darunter zu leiden haben, mag ja jeder Verrückte tun und lassen, was er will", findet Matthias.

Die anderen stimmen ihm zu und nicken, doch der junge Höhlenforscher hat das Interesse an der Unterhaltung verloren und wendet sich an mich. „Hast du einen Moment Zeit für mich?"

„Na klar! Marisa ist gefunden, alles andere nimmt seinen Lauf, und ich kann mich jetzt ein bisschen entspannen."

Ich folge ihm auf den Balkon, von dem man einen weiten Blick auf das Gebirgsmassiv hat. „Ist das nicht zauberhaft?" frage ich ihn.

„Ja, vielleicht haben wir morgen einmal etwas Zeit, ungestört die Landschaft genießen zu können. Wie wäre es mit einem Spaziergang zu einem idyllischen kleinen Wildbach, der hier in der Nähe rauscht. Das bietet zur

Abwechslung einmal etwas Entspannung."

„Eine prima Idee", finde ich. „Das klingt bestimmt viel besser als das nächtliche Geheul eines Tigers."

„Oh ja", stimmt er mir zu. „Und da du gerade von Prometheus sprichst. Du hast nicht zufällig eine Beißschiene an?"

Vermutlich zeige ich jetzt den dümmsten Gesichtsausdruck, den ich jemals aufgesetzt habe.

„Wie bitte?" frage ich irritiert.

Aber schon einen Moment später weiß ich, was diese scherzhafte

Frage zu bedeuten hatte, denn er zieht mich sanft in seine Arme.

ENDE

FSC

www.fsc.org

MIX

Papier aus ver-
antwortungsvollen
Quellen
Paper from
responsible sources

FSC® C105338